U0922729

面纱

The Painted Veil

[英] 威廉・萨默赛特・毛姆 —————— 著
许杰 —————— 译

中国出版集团 现代出版社

图书在版编目（CIP）数据

面纱 /（英）威廉·萨默赛特·毛姆著；许杰译. -- 北京：现代出版社，2021.4

ISBN 978-7-5143-7153-6

Ⅰ. ①面… Ⅱ. ①威… ②许… Ⅲ. ①长篇小说—英国—现代 Ⅳ. ①I561.45

中国版本图书馆 CIP 数据核字 (2021) 第 061559 号

面纱

作　　者：［英］威廉·萨默赛特·毛姆
译　　者：许　杰
策　　划：王传丽
责任编辑：张　瑾
出版发行：现代出版社
通信地址：北京市安定门外安华里 504 号
邮政编码：100011
电　　话：010-64267325　64245264（传真）
网　　址：www.1980xd.com
电子邮箱：xiandai@vip.sina.com
印　　刷：三河市宏盛印务有限公司
开　　本：880mm × 1230mm　1/32
字　　数：160 千字
印　　张：7.75
版　　次：2021 年 4 月第 1 版　　　印　　次：2021 年 4 月第 1 次印刷
书　　号：ISBN 978-7-5143-7153-6
定　　价：52.00 元

别揭开那层被活着的人们称为

生活的华丽面纱……

前　言

之所以写这个故事，源于但丁下面的几句诗：

“喂，当你回到人间，
结束漫长旅途时，”
第三个幽灵马上接过第二个幽灵的话说，
“请记住我，我是皮娅。
我生长在锡耶纳，玛勒玛却毁灭了我，
那个当初娶我，给我戴上戒指的人，
他知晓这一切。”

当年，我在圣托马斯医院实习，复活节医院放了六周的假。我往手提式的旅行包里随便装些换洗衣物，兜里揣进二十英镑，就独自出发了。那时我二十岁。我先去了热那亚与比萨，随后到佛罗伦萨。我在佛罗伦萨的劳拉街上租了间房，临窗远眺可以看见大教堂壮观的穹顶。房东是位寡妇，她有一个女儿。食宿费用经过好几个回合讨价还价后，价格定为每天四个里拉[①]。我心中窃喜，她可是做了赔本的买卖，因为我的胃口很大，吃掉像小山一样的通心粉不过是小菜一碟。这位寡妇在托斯卡纳的山林间有

① 意大利货币名，已停止流通。

座葡萄园。她亲手酿造的基安蒂红葡萄酒是我在意大利喝过的最好的葡萄酒。她的女儿埃西莉亚每日教我意大利语，她有着与她年龄不相符的成熟，人还不到二十六岁，就有过不幸的过去。她的未婚夫是位军官，死在阿比西尼亚的战场上，她从此发誓守身终身不嫁。如果不出意外的话，等她生性活泼的母亲离世后，埃西莉亚便会进入修道院。她喜欢大声说笑，我们共进午餐与晚餐时，她总是快活极了。不过她上课倒挺严肃认真，遇上我犯迷糊和走神儿的时候，她总是用一把黑色戒尺敲打我的指关节。倘若不是想到她像极了旧式的教书先生，可以一笑了之的话，这样拿我像小孩子对待会让我生气的。

我的生活过得很勤俭，每天早起，先是翻译几页易卜生的剧本，以便掌握对话写作的技巧，留待以后写对话时用；然后，拿着罗斯金的书，在佛罗伦萨到处寻访名胜古迹。按照书中介绍，我瞻仰了乔托负责设计建造的钟楼和吉贝尔蒂雕塑的青铜门。在乌菲齐美术馆，瞻仰波提切利的画作，带着对大师的敬仰，对他反对的艺术也嗤之以鼻。午饭过后，上完意大利语课，我再次出门，游览城中的教堂，沿亚诺河一路徜徉，思绪也跟着信马由缰。用过晚饭，我又忙不迭出去寻找艳遇。只怪我品性单纯，或者是太过害羞，反正每次回来，都跟出去时一样贞洁完好无损。房东太太给了我钥匙，可直到我晚归后，听到开门声，她才算长舒一口气，因为她总害怕我回来后忘了插门。回到我住的房间，我又拿起书本，细细研读中世纪教皇派和对立的贵族党的历史，我意外地发现，浪漫主义时期的那些作家中无人能像我这样，仅凭二十英镑就能在意大利待上六个礼拜，但我却很喜欢这样的生活。

《地狱》我已读过（有译本参考，遇到生词也查字典），便跟埃西莉亚读起《炼狱》。读到开篇引用过的那段时，埃西莉亚对我讲解：皮娅是锡耶纳的贵族，她的丈夫怀疑她红杏出墙，又慑于她的家族势力，不敢轻易伤她性命，便把她带到他在玛勒玛的城堡，想借那儿的有毒沼气，神不知鬼不觉地杀了她，却没想到，她过了很长时间都没死，他急不可待，便将她扔出窗外。不知道埃西莉亚从何处得知这些细节，我那本但丁注解本并没有这些细节可考，但这个故事却激发了我的无限遐想，这些年，它始终在我的脑海中萦绕，有时接连两三日翻来覆去地念叨：我生长在锡耶纳，玛勒玛却毁灭了我。不过，这个故事只是我众多创作素材之一，时间一长，也就淡忘了。我始终将它看作一个现代故事，可是想不出在当今世界上，哪里才是发生这种事情的合适背景。直到在中国经过漫长的旅行之后，才找到故事的落脚点。

这部小说我先想到的是故事而不是人物，是我唯一一部起笔于故事，而不是起笔于人物的小说。人物与情节的关系很难解释。你不能凭空捏造一个人物，你一想到那个人物，定会将其置于某种特定的情境中。只有这样，人物和情节才是想象力同时行动的结果。但这一次，我是我先把故事慢慢构思好，然后再挑选合适的人物，这些人物源自我在不同场合中早已熟知的人。

写这本书时，也遇到了一个作家通常会遇到的麻烦。起初，我把男主人公叫雷恩，这不过是个很普通的名字，但香港有几个人叫这个名字，这几个人便向法院提起诉讼，连载这部小说的杂志赔付了两百五十英镑才算解决了纠纷，我只好把名字换成了费恩。接着，香港的助理辅政司觉得自己受到了诽谤，也要威胁诉诸法律。我感到很惊诧，因为在英国，我们可以把首相写进剧本里，也可以在小说中描写首相。即便是坎特伯雷大主教、上议院大法官，或任何一个地位显赫的人，对此都不会在意的。让我感到奇怪的是，一个只是临时担任的微不足道的小官，居然也要对号入座，认定自己受到了影射，为了省去麻烦，我把香港改成了虚构出来的一个叫清廷[①]的地方。这个小插曲发生时，这部小说已经出版，只得紧急召回。不少书评家别具只眼，以种种托词，拒绝退回此版样书。如今这些样书因其稀有，价格不菲。我想，这个版本大约有六十本还留在市面上，成了藏书家们高价回购的藏品。

威廉·萨默赛特·毛姆

① 此书中已把清廷改为中国香港。

一

“啊！”她控制不住，小声叫道。

“怎么啦？”他慌忙问。

卧室的门窗紧闭，百叶窗拉着，使得屋内光线昏暗。他仍能看清她脸上因恐惧而出现的惊慌失措。

“刚才门被推了一下！”

“哦，是女佣吧，要不就是那个男仆。”

“这个时候，他们从不找我。他们都知道，午餐后我要休息。”

“那会是谁？”

“是瓦尔特！”她嘴唇一个劲地哆嗦，终于说出了这个可怕的名字。

她用手指了指他的鞋子，他赶紧下床穿鞋。受她的影响，他也神情紧张起来，变得笨手笨脚的。他们俩都被吓得慌作一团。她在忙乱中微微静下心来，把鞋拔子递给他。接着，她又急忙穿上睡衣，光着脚，走到梳妆台前，用梳子把凌乱的短发迅速梳好。这会儿，他刚好穿上第二只鞋，她随手把他的外套递了过去。

“我该怎么出去？”

“你最好等一等，我先瞧瞧外面，看看还有人吗。”

“不可能是瓦尔特。没到五点他是不会离开实验室的。”

“那会是谁？”

他们俩压低声音嘀咕着，她依然紧张得浑身发抖。他的头脑里突然闪过一丝怨恨：既然这地方不安全，她为什么偏要在这里幽会，不由得心生怨恼，哪有她说得那么保险？这时，她忽然屏住呼吸，用手抓住他的胳膊，他顺着她的视线看去，走廊边的几扇窗户，都在里面插上了插销，并拉上了百叶窗，窗户上的白色搪瓷把手这时正悄无声息地转动着，可他们明明没有听到走廊上有人走动的声音，这种不发出声响的转动实在是太吓人，令他俩不知所措。过了好一阵子，他们还是听不到一点儿声音。接着，他们同时看到另一扇窗户上的把手也鬼使神差似的转动了一下，令人毛骨悚然，犹如可怕的灵异事件。凯蒂心中骇然，刚要开口大叫，他手疾眼快，立刻捂住了她的嘴巴，她的惊叫声被提前遏止在他的手掌里。

屋里一片寂静。她紧贴着他，能感受到她双腿哆嗦个不停，他真害怕她会昏死过去，只好皱起眉头，绷紧了下巴，搀扶她回到床边。她的脸吓得煞白，他的脸本来就黑，这时也面无血色。他俩谁也没有说话，直勾勾地死盯着把手。不知过了多久，他听到她小声嘤嘤地哭了起来。

“看在上帝的分儿上，千万别这样，”他开始打气道，“反正都这样了，要是我们被发现了，也只能厚着脸皮硬扛了。”

她止住了哭声，开始寻找手帕。看到这种情况，他忙把她的手提包递了过去。

“你的遮阳帽呢？”

“放在楼下了。”

“噢，上帝！”

“听我说，你得保持镇定。刚才那动静，十有八九不是瓦尔特。

这个时候，他回家干什么？他中午不是从不回家吗？”

“嗯，从不回家。”

“我敢打赌，如果我输了，赌上什么都行。刚才门外就是你的女佣。”

她的脸上隐约露出笑容。听他这么说，她疑虑顿消。她拉住他的手，满怀深情地望着他。她开始平静下来。

“你瞧，我们总不能老待在这儿，”缓了缓，他又说，“要不你去外面看看？”

“我不敢去。”

“你这儿有白兰地吗？”

她摇了摇头。他皱紧眉头，脸色阴沉下来，变得焦躁不安起来，一副束手无策的样子。她忙把他的手抓得更紧了。

“说不定他还在门外等着呢。”

他勉强挤出一丝微笑，说话的语调尽量温和而耐心。他很清楚这样做对她还是管用的。

“绝不可能，拿出点儿勇气来，凯蒂。怎么可能是你丈夫呢？要是他回来了，看见一顶陌生的遮阳帽，上楼后，又发现你的房门反锁着，肯定会大吵大闹的。刚才准是你们家女佣，只有女佣才那样转动把手。”

听他这么说，凯蒂觉得踏实多了。

“就算是女佣，这事也让人不舒服。”

“女佣是可以摆平的，如果有必要，我可以吓唬吓唬她。在政府部门当差，虽说没多大好处，但我这个身份还是能用一下的，我会警告她管好自己的嘴。”

他的话肯定有道理。凯蒂终于站起来，朝他伸出双臂，他就势搂住她，亲吻她的嘴唇。这一吻如醉如痴，又让她感到痛苦。她太爱他了。当他松开了双手，她走到窗户边，拔出插销，把百叶窗拉开一条缝，朝窗外看去，结果不见一个人影。她蹑手蹑脚地来到走廊上，朝丈夫的更衣室看了看，又朝起居室看了看，这两个地方鬼影都没有。她返回卧室，朝他示意。

“没有人。”

“我怎么说来着，你没必要疑神疑鬼。”

“可别笑话我了，刚才我都要吓死了。你先到客厅坐一会儿，我穿好衣服马上就到。”

二

他照她说的去了客厅。五分钟后，她也来到客厅，只见他在抽烟。

“我想来杯白兰地加苏打水。”

“好的，我这就按铃吩咐下去。”

“今天这事，我想不会对你有什么伤害。”

接着是一阵沉默，在仆人没来之前，她又对他说。

“你给实验室打个电话，问瓦尔特在不在那儿，”她说，“放心吧，我敢保证，他们听不出你是谁。”

他拿起电话，让总机接到实验室，询问瓦尔特在不在，然后放下电话。

“他们说他午餐后就不在实验室了。”他对她说，“还是问问仆人看到他回来过没有。”

“我可不敢。要是他回来过，而我却没见到他，这不是太可笑了。”

男仆端来酒水，汤森喝了起来。他问她是否也喝一点儿，她摇了摇头。

“如果刚才瓦尔特回来过，我该怎么办？”她不放心地问道。

“也许，他压根儿就不在乎呢。”

“他会不在乎？”她难以置信地反问道。

“在我的印象里，他是个相当腼腆的人。要知道，有些人是经不起当众出丑的。他很清楚，给自己制造丑闻可没有什么好处。刚才我绝不相信是瓦尔特。即便是他，又能怎么样，还不得装作什么都没发生。”

她想了一会儿，然后说：“他很爱我。”

“嗯，那就更好了，你可以哄哄他。”

他冲她投去迷人的微笑，那正是她难以抗拒的。那是一种舒缓的笑，笑容发自那双清澈的蓝眼睛，缓慢扩展到轮廓匀称的嘴角上，随后露出一口玲珑整齐的白牙。这一抹微笑极其性感，凯蒂顿时春心荡漾，被迷得神魂颠倒。

“我根本不在乎，”她满心欢喜地说道，“我心甘情愿这样做。”

“这是我的错。”

“你今天怎么会来这里？看见你时，我感到太意外了。”

“我没忍住就来了。”

“噢，亲爱的。”

她朝他的身上依靠过去，乌黑发亮的眼睛含情脉脉地望着他，嘴唇微张，暴露出一种欲望。他见状伸出双臂把她抱紧，她愉悦地叫了一声，顺从地倒进他的怀中。

“相信我，出了事尽管来找我。”他说。

“跟你在一起我很幸福。我希望你也像我一样幸福。”

“你现在还害怕吗？”

“瓦尔特只令我讨厌。”她回答道。

听了这句话，他不知道说什么好，便吻了吻她。她柔嫩的脸，便贴在他的脸上。她还陷在浓情蜜意中，他却拉过她戴着小金表的手腕，看了看时间。

“知道我现在最想干什么吗？”

“开溜？”她笑着问。

他点头默认。她舍不得他走，抱得更紧了，但是能感觉到他执意要走，于是便把手松开了。

“放着好好的工作不做，却跑到我这儿来干这种事，真不像话。快走吧。”

他永远抗拒不了这种打情骂俏的诱惑。

“你这个小乖乖，好像巴不得赶我走。”他漫不经心地说。

“你心里清楚，我可舍不得你走。”

她的回答认真而严肃。他满意地笑起来。

“别再让方才的事折磨你这个可爱的小脑袋瓜儿，我敢打保票，刚才那个肯定是女佣。要是真有什么麻烦事，我保证能帮你搞定。”

“这么说，你有很多这样的经验吧？”

他得意而开心地大笑起来。

“当然不是。不瞒你说，就是我这颗脑袋还算好使。”

三

凯蒂来到走廊上，目送他离开，他朝她挥手告别。看着他走路的背影，她怦然心动。他今年四十一岁了，身材还是那么健壮有韧性，脚步灵活，活像个小伙子。

这时候，走廊笼罩在阴影中。男欢女爱后，她心情闲适，心中充满着爱的满足，于是便在走廊里慵懒地徘徊着。他们的住房坐落在一个名叫“欢乐谷”的地方，背靠着小山。山顶上的住宅条件更好，但租金也很昂贵，他们根本住不起。她此时目光游移，显得心不在焉，对远方蓝色的大海熟视无睹，对港口中那些拥挤的船舶更是视而不见。她一心只想着她的情人。

当然，今天中午，他们的举动是十分莽撞的。不过，他都主动跑来找她，她又怎么能顾虑那么多？他在午饭后赶来偷欢，已经有过两三次。都是赶着正午时分，天气炎热没有人注意的时候，他的行踪甚至连仆人也没有发现。待在香港，日子真是太难熬了，她讨厌这座中国城市。一走进维多利亚大道，看见那座他们幽会时惯常见的脏兮兮的小屋，她心里就很不舒服。一走进那间小屋，她就感到精神紧张。那是一家古董店，四下里闲坐着一些中国人，总是不怀好意地盯着她看，让她感到很不自在。她讨厌那个老头儿的媚笑。查理带她到店铺后面，摸黑登上一截楼梯。把她领到散发着难闻的霉味的房间。靠墙的那张简单的木板床更让她不寒而栗。

“这个地方简直太恶心了，难道你没感觉到吗？”第一次和查理在那儿幽会时，她不无嗔怒地问道。

“只要你能大驾光临，情况就不一样了。”他回应道。

确实，她被他揽入怀中的那一刻，她就把这一切都忘了。

唉，令凯蒂感到懊恼的是，他们两个都被各自的家庭拖累，她不自由，他也不自由。她不喜欢他的妻子，这会儿，她散乱的思绪飘移到了多萝西·汤森的身上。多么不幸，竟然叫“多萝西”这么老土的名字，年龄都曝光了，少说也有三十八岁了。查理从来没有提起过她。显然，他压根儿就没把她放在心上。他对多萝西早就厌烦透了，只是想保持绅士风度而已。想到这里，凯蒂带着爱意讽刺地笑了笑：他就是这样，又傻又老派；他可以背着老婆在外面出轨，但在他的口中绝不会说出一个轻蔑她的字眼。他老婆是个高个子，比凯蒂还高，不胖也不瘦，一头浓密的浅棕色头发；不管怎么说，他老婆怎么看都不算漂亮，兴许年轻的时候有点儿姿色；她五官端正，但无出色之处，有一双冷若冰霜的蓝眼睛，面色枯槁，脸颊也暗淡无光，都懒得朝她看上第二眼。她的衣着打扮，怎么说呢——唉，就像她本人。倒也合乎她的身份——香港助理辅政司的太太而已。凯蒂想到这儿，面露轻蔑，然后顽皮地耸了耸肩膀。

当然，没人否认多萝西·汤森有着愉快悦耳的嗓音。她是一位出色的贤内助，对此查理总是挂在嘴边。像她这样的女人，被凯蒂的母亲称为“贵妇”。可凯蒂压根儿就不喜欢她，不喜欢她那种漫不经心的做派。你去她家喝茶或用餐时，她礼节上的客套令人不悦。总觉得她压根儿就没把客人当回事。凯蒂觉得，除了孩子，多萝西对什么事都不上心。多萝西有两个儿子正在伦敦上学，身边还有一个六岁大的孩子，也是男孩儿，明年也要送回英国读书。她的脸就像一副面具，说话时总带着微笑，看上去和蔼可亲，温文尔雅。虽说她绝不口出恶言，可她繁文缛节的热忱背后，是内心的疏远，总给人拒人于千里之外的感觉。在香港，她有几个闺密，她们都很佩服她。凯蒂很想知道，在汤森太太的眼里，她是否觉得自己出身太普通了。想到这儿，她的脸不禁红起来。不过话说回来，多萝西也没有什么理由盛气凌人。她父亲虽说做过香港总督，这当然不假。在任期间，那场面也确实很气派——总督进屋时，所有人都要起身致敬；总督乘车出行时，男士无不脱帽行礼——但总督一旦退位，就和普通人没什么两样。眼下，多萝西的父亲住在伯爵府区的一个小房子里，靠着养老金过活。受邀去这种地方做客，凯蒂的母亲准会觉得无聊至极。凯蒂的父亲伯纳德·贾斯汀是王室法律顾问，说不定哪一天，父亲会当上大法官。不管怎么说，他们可是住在哈灵顿。

四

凯蒂婚后随丈夫来到香港。她发现在这儿的社会地位竟是由丈夫的职位所决定的，她很难接受这个现实。当然，这里的每个人都对她很友善。最初的两三个月里，凯蒂和丈夫差不多每天晚上都要出门赴宴。他们去政府官邸做客时，总督就像对待新娘子一样欢迎她。可是她很快明白过来，作为政府细菌学家的妻子，她本人是没什么地位的。对此，她感到气愤。

“太荒谬了！”她对丈夫说，“哼，这里的人都糟糕透了，把他们请到家里不到五分钟，就没劲透了。在国内，倘若我母亲要大宴宾客，做梦也不会想到邀请他们。”

“何必为此烦心呢？”他回应道，“这也没什么大不了的。”

“的确如此，只能说明他们太乏味了。想想也真是可笑，想起在伦敦我们家里常来的那些人，总是显贵云集，可不像在这儿，别人看我们如同泥土般轻贱。”

“在社交圈子里，人们对科学家总是视若无睹。”他不禁自嘲道。

这一点，她总算领教了，可是在结婚之初，她却对此全然不知。

“真好笑，在此之前，我还不知道是半岛东方轮船公司代理邀请我们吃饭，这可真开心。”她说完后，扑哧一笑，尽量让自己的话听上去不那么势利。

她说话时语气轻松，但丈夫还是察觉到她话里暗藏的责备。他拉起她的手，充满爱怜地抚摩着。

“我感到非常抱歉，亲爱的凯蒂。其实，你也不必为这点儿事烦心。”

“那是当然，我才犯不着呢！”

五

拧把手的人不是瓦尔特，那就是仆人了。说到底，仆人知道内情也无所谓。反正什么事都瞒不住仆人，只要他们能管好自己的嘴巴就行。

一想到那个白色搪瓷把手慢慢转动的情景，凯蒂的心就跟着怦怦乱跳。他们以后再也不能这样冒险了，最好还是去古董店。就算有人看到，也不会怀疑什么，他们在那儿幽会绝对安全。古董店的老板知道查理的身份，绝不会傻到跟助理辅政司故意作对的地步。只要查理爱她，她还有什么好在乎的呢？

她转身离开走廊，又回到客厅，放松地在沙发上一躺，伸手拿起一支烟。这时候，她瞥见茶几上放着一本书，上面还有张便条。她立即拿起便条，只见上面用铅笔字写着：

亲爱的凯蒂：

这是你想要的书，我本想拿回来亲自送给你，没想到碰到了费恩博士。他说他正好回家，可以顺路给你捎回去。

V.H.

她摁响了传唤铃，过了一会儿，仆人进来之后，她问是谁把这书送来的，是什么时候送过来的。

“是老爷拿回来的，夫人，在午饭后。”仆人这样回答道。

看来门外那个人是瓦尔特无疑了！她立刻给辅政司办公室打

电话，接通了查理的座机。她把情况告诉了他，电话那头，他沉默了一阵。

“我们该怎么办哪？”她焦急地问。

“我正在开一个重要的会，现在不方便跟你谈事情。我建议你还是静观其变吧。”

放下电话，她清楚他身边还有其他人，他那里抽不开身，她这边可是忧心如焚。

她又坐下来，双手掩面，认真思考着眼下的困境。没准儿瓦尔特只是觉得她在午睡，门窗插上把自己反锁在卧室里，这么说也不无道理。她竭力回忆着，他们俩在一起时是不是一直在说话？可以肯定，他们俩说话的声音并不大。糟糕的是楼下那顶帽子，查理简直是疯了才把它忘在楼下。现在怪罪他也没用，他这么做也很自然。不知道瓦尔特注意到了那顶帽子没有，说不定他急急忙忙回家，把书和便条放下后，又匆忙赶回去继续忙他的工作。奇怪的是，他竟然推了一下门把手，又关上了那两扇窗户。如果明知道她在午睡，还故意来打扰她，这不像他一贯的做事风格。唉，她真是干了一桩蠢事！

她的身体微微一颤，脑海里又出现跟查理欢爱时那种甜蜜的痛楚。一想到查理，她就有这种心跳的感觉。她觉得为他做什么都值了。查理说过，他永远都会站在她这边，即使情况坏到不能再坏的地步，那么……那么就让瓦尔特大发雷霆吧，如果他非得这么做的话。她都有了她的查理，还有什么好在乎的呢？说不定，让他知道了实情，反倒是一桩天大的好事。她从来都没把瓦尔特放在心上，自从爱上查理·汤森后，她对丈夫的拥抱与接吻总感到讨厌与恶心，她再也不想和丈夫有任何亲密的接触。眼下还看不出他能找到什么证据，要是他提出不忠指控的话，她就极力否认。如果真到了无法否认的地步，那么来吧，她就把真相甩在他的脸上。他要怎么着随他的便！

六

婚后不到三个月的时间，她就知道自己犯了不可估量的大错。说起来，这事要怪只能怪她母亲，怪不得她自己。

屋内有一张母亲的照片，凯蒂用厌恶的目光看过去。她不知道自己当初为什么要把它摆在那儿，她很不喜欢母亲。她家里还有一张她父亲的照片，不过放在楼下的大钢琴上了。照片是他当上王室法律顾问时拍的。他头戴马尾假发，身着法袍，即便是这样，看上去也毫无威严的气势。他个子瘦小，眼神疲惫没有精神，长着两片薄薄的嘴唇，上唇还略长。照相时，喜欢说笑的摄影师本想让他放松一些，却反倒使他的表情更加严肃。他的嘴角明显向下耷拉着，目光呆滞，看起来有点儿郁郁寡欢。贾斯汀太太之所以从底片中选中这一张，是因为她觉得这张照片符合他公正严明的法官形象。她本人的照片是丈夫就职王室法律顾问时在王宫里拍的。她站得笔直，身穿天鹅绒长裙，身后拖着修长美丽的裙摆，头上插着羽饰，手里捧着鲜花，显得雍容华贵。那时她年近五十，身材保持得挺好，胸部却平平的，颧骨突出，鼻梁高耸，披着一头浓密润泽的黑发。凯蒂时常觉得，就算那头发没有染过，至少也是精心修饰过的。她的一双黑眼睛极不安分，总是转个不停，很是引人注目。当她跟人交谈时，蜡黄的脸上毫无表情，那双眼睛片刻不闲着，一会儿看着你的眼睛，一会儿又往你身上看，然后又转到其他人的身上，说着说着，不知道什么时候，她的视线又会扫射到你的身上，这样被她的视线来回扫射很不自在。你会觉得她是在批评你、挑你的毛病，可她又对周围保持着警惕，留意身旁发生的一切，这样你会觉得，她嘴上说的是一套，心里头想的却是另一套。

七

贾斯汀太太是个尖酸刻薄的女人，爱慕虚荣又吝啬钱财，心高气傲又愚蠢至极。她的父亲是利物浦的一位律师，她们姐妹五个。伯纳德·贾斯汀在伦敦北部巡回法庭工作时认识了她。当时，他是个朝气蓬勃的年轻人。她的父亲夸赞他有前途，可事实并非如此。他勤奋肯干，也颇具才干，但是缺少晋升职位的远大抱负。就凭这一点，贾斯汀太太瞧不起她丈夫，尽管她不愿相信，但是她心里清楚得很，她只有依靠丈夫才能出人头地。她处心积虑地让丈夫去做某件事，而这件事又不是他想做的，她就在他面前唠叨个不停，甚至不给丈夫留一点儿情面。后来她发现了制服丈夫的诀窍，如果她想做什么，而丈夫很不情愿，她就不断地唠叨，让他心神不宁，不得安生。丈夫在精疲力竭之后，只好屈服。她整日费尽心机，去讨好那些对她有用的人，不但喜欢巴结那些能给丈夫带来机遇的律师，还和他们的太太打得火热。她对此费尽心机，极尽阿谀奉承之能事，她还煞费苦心，去结交那些前途无量的政客。

二十五年来，贾斯汀太太在家宴请过的客人，无一不是她觉得有利于她的。每隔一段日子，她就要大摆宴席，她的吝啬和野心一样强烈。她讨厌花钱，一分钱能掰成两瓣花。她还自鸣得意，说什么只需用一半的费用，就能办成跟别人同样豪华的宴席。她相信，人们在享受菜肴、高谈阔论的时候，绝不会留意喝的是什么。她用纱布把莫泽尔白葡萄酒过滤一下，客人们还以为是名贵的香槟呢。

伯纳德·贾斯汀的律师业务量虽然不大，却还过得去，不过有些开业比他晚的人，生意却远远超过了他。贾斯汀太太让丈夫竞选国会议员，选举开支由政党方面承担，但她的吝啬又阻碍了她的野心。她实在舍不得花钱讨好选民。作为候选人，伯纳德·贾斯汀捐献给竞选基金的费用总是差那么一点点。结果，他落选了。丈夫没当上国会议员，贾斯汀太太觉得丢了面子。不过，她还是强忍着内心的失望，好在丈夫参选时，结识了不少有头有脸的人物，她的社交圈又扩大了不少。她心里很清楚，伯纳德这辈子都进不了国会的大门，她让丈夫竞选议员，希望这么做能为他所隶属的政党对他心怀感激。说实在的，为两三个没有胜算的席位，为政党打拼一下也是值得的。

伯纳德还是个初级律师时，很多后起之秀早被任命为王室法律顾问了。她的丈夫也要成为王室的法律顾问，否则，他被任命为大法官的机会就十分渺茫。另外，还有她本人的原因，赴宴时，跟在比她小十岁的女人屁股后面，她感到颜面扫地。在这件事情上，两人又出现了分歧，丈夫的倔脾气又跟她杠上了，都生活在一起这么多年了，她还是不习惯他这一点。丈夫担心的是一旦做了王室法律顾问，就会失去律师事务所的业务。丈夫告诫她，二鸟在林不如一鸟在手。可她反驳道，没有头脑的人才拿这句谚语当挡箭牌。丈夫提醒她，这么一来，收入可要锐减一半。他知道，没有什么比收入问题对她更有说服力了。她却听不进去，反过来说丈夫没胆量，是个懦夫。她吵得他不得安宁，最后只得让步。他申请担任皇家法律顾问，很快就获准了。

丈夫的担忧转眼间变成了现实。他担任首席律师后没有取得任何业务上的进展，接受委托的案子也少了。他内心倍感失落，却深藏不露，他有心责备妻子，却也只能埋在心底。他在家变得更沉默了，可全家都没有注意到他心里的微妙变化。在女儿们的眼中，父亲只不过是家中的收入来源。父亲为了家人的衣食住行、日常零用，辛苦地工作，永远都是理所应当的事情。可是眼下，她们知道家中经济变得拮据，全都是因为父亲的过错。她们不仅对他态度冷淡，而且还心怀怨恨与鄙视。这个温顺不起眼的男人起早贪黑地工作，可她们从来都没有考虑过他的内心感受。对她们来说，父亲就是她们挣钱的工具。她们还想当然地认为，作为父亲，自然是用钱来疼她们、爱她们的。

八

贾斯汀太太唯一令人敬佩的品质，就是勇气可嘉。她不会因为野心经常受挫而气馁，对她而言，能进入有权有势的社交圈就是她生活的全部。她绝不会让任何人看出来她因为收入减半生活就不如从前。经过她的精打细算，她还像以前一样举办华丽的宴会。与朋友交往时，仍带着快乐的劲头，这是她多年养成的习惯。她能说会道，在社交圈内，这是她跟人攀谈交往的通行证。对那些不善言谈的客人，她的口才就有了用武之地。不管谈论什么样的话题，她都能得心应手。她能用得体的言谈迅速取得信任，有她在，绝不会感到冷场的尴尬。

现在看来，伯纳德·贾斯汀要想成为最高法院的法官是不可能了，不过，还有希望谋个地方法院的法官当当。再不济，去殖民地找点儿事做，也是有希望的。后来，令她颇为得意的是，丈夫被任命为威尔士一座小城的刑庭法官。不过，这时候她将重心转移到了女儿身上。她盼望着通过一桩好婚姻把她这辈子种种的不如意全部打消。她有两个女儿，一个是凯蒂，另一个是多丽丝。多丽丝长相平平，毫无姿色可言，鼻子过长，体形偏胖。贾斯汀太太觉得她能嫁给一个家境殷实、有正当职业的年轻人就已经不错了。

可凯蒂是个美女，她还小的时候，就已经出落成美人。她有一双乌黑发亮的大眼睛，如水一般清澈活泼，棕色的鬈发泛着红光，牙齿洁白整齐，皮肤细腻光滑。她的美貌也不是完美无瑕，她的下巴太方、鼻子稍大，只是鼻子长度比多丽丝的短些，她之所以看着那么美丽俊俏，是因为正值青春妙龄。贾斯汀太太暗下决心，一定要让女儿在最好的年龄嫁出去。凯蒂进入社交圈后，惊艳四座。她有着美艳照人的肌肤，弯弯的睫毛下明眸灿若星辰，只要随意看上一眼，便会不能自拔。她犹如一个快乐的精灵，魅力四射，神韵怡人。贾斯汀太太将满腔母爱倾注在大女儿身上，在母爱的背后，还暗藏着残酷和心机，这是她最拿手的，她对女儿的未来依然雄心勃勃，她的目标不单单是为女儿安排一桩好婚姻，还得是一桩能联姻豪门显贵的婚姻。

受母亲的熏陶，凯蒂打小儿就意识到，她将出落成一位美人。她对母亲的野心也从未质疑过，这正符合她的欲望。在母亲的引领下，她踏入社交圈。经贾斯汀太太点化，她频频受邀参加各种舞会，有机会遇到合适的人选。凯蒂在社交场上如鱼得水，很快就有十几个男人爱上了她，只是没有一个合适的。凯蒂对所有人都友好相待，小心翼翼不委身于任何人。每逢周日下午，南肯辛顿的客厅里就聚满了前来示爱的年轻人。贾斯汀太太带着赞许的微笑，冷眼旁观，她不费吹灰之力，就能让这些多情男子与凯蒂保持距离。凯蒂也存心与他们打趣调情，惹得他们争风吃醋，彼此猜忌，可是一旦有人向她求婚——其实是争先恐后地求婚，她就巧妙而明确地加以拒绝。

凯蒂的社交第一季结束了，可是理想中的求婚者并没有现身。第二年也是如此，好在她还年轻，还可以再等。贾斯汀太太跟她的朋友说，女儿芳龄还不到二十一，结婚实在可惜。可是，第三年过去了，第四年也跟着过去了。两三个曾经的仰慕者又向她求婚，但这些人依然一贫如洗。有一两个男孩儿向她求爱，但岁数比她还小。还有位曾在印度工作过的退休官员向她求婚，可他都五十三岁了。凯蒂一如既往地参加舞会，穿梭于温布尔登和洛兹贵族板球场，去爱斯科特赛马场和亨利市的赛舟大会，玩得很痛快，还是没有一个地位、收入都令人满意的求婚者。贾斯汀太太越发不安，她注意到，对凯蒂感兴趣的只剩下四十岁以上的男人了。她提醒女儿，再过一两年，她就不再青春靓丽，年轻可不是时时都有。贾斯汀太太当着家人的面直言不讳，警告女儿可别错过了行情。

凯蒂不屑地耸耸肩。她觉得自己还像从前一样美丽，或许更加漂亮，因为在过去的四年中，她学会了穿衣打扮。更何况她还有大把时间，如意郎君迟早会来。如果只是为了嫁出去而结婚，会有一打小伙子争着抢着要娶她。可是，贾斯汀太太对形势的判断更加老练，对美丽女儿一再错失良机甚为恼火，不得不降低择婿的标准。她将目光转向那些从事专门职业的小伙子身上，以前她可是瞧不起这类人物，现在她希望女儿能找一个年轻的律师或生意人，这种人的前途让她放心。

凯蒂二十五岁了，仍未将自己嫁出去。贾斯汀太太怒不可遏，动不动就对凯蒂说些难听的话，她问她还得让父亲养活多久，他把大把的钱都花出去了，就是为了给她创造机会，可她总是让机会白白溜走。贾斯汀太太从来都没想过，或许是她过分地邀请，使得那些有钱人家的儿子或者继承者退避三舍。她把凯蒂姻缘未定归结为凯蒂的愚笨无知。这时，多丽丝也步入社交场。她的鼻子还是那么长，身材差劲，舞跳得也很烂，可是社交第一季，她就和杰弗里·丹尼森情定终身。杰弗里是家中独子，父亲是位成功的外科医生，“一战”时被授予男爵爵位。杰弗里是爵位世袭者——虽说做一个有爵位的医生不是很风光，可爵位终究还是爵位——更何况还是丰厚家产的唯一继承人呢！

情急之下，凯蒂匆匆嫁给了瓦尔特·费恩。

九

她认识瓦尔特的时间很短，也从未真正注意过他。他们初次见面是在什么时候，在哪里，她都不记得。直到订婚后，瓦尔特才告诉她，那是在朋友拉他去的舞会上。当时，她根本没注意到他，就算是跟他跳过舞，那也是出于她心情好，她对他毫无印象。那之后一两天，在另一次舞会上，他又主动跟她攀谈，她才蓦然发觉，无论她参加什么舞会，舞场内都有瓦尔特的身影。

“说起来，我和你跳过十几场舞了，你总该告诉我你的名字吧。”她用一贯爱说笑的语气对他说。

显然，他吃了一惊。

“你是说，你还不知道我的名字？已经有人向你介绍过了。”

“哦，可能是当时没听清吧。要是你不知道我的名字，我一点儿也不感到意外。”

他冲她笑了笑，然后脸色有些严肃，可是他的笑却很温纯。

“你的名字我当然知道。”他沉默片刻，随后问道，“你不感到好奇吗？”

“跟多数女人一样，很好奇。”

“你就没向别人打听过我的名字？”

凯蒂几乎被逗笑了。她实在搞不懂，她为什么非得对他的名字感兴趣。不过，她喜欢让人高兴，于是微笑着朝他看去，闪动着乌黑的大眼睛，犹如丛林深处的碧潭，饱含着友善和亲切。

“好吧，你叫什么名字？”她很正式地说。

“瓦尔特·费恩。”

她不知道他为什么要频繁参加舞会。他的舞跳得并不好，舞会上也没有多少熟人。她突然觉得，是不是这个家伙爱上她了！随后，她又耸了耸肩膀，将这个念头打消。她知道很多女孩儿也会有她这种想法，总觉得遇见的每个男人都爱自己，可事实证明这种想法是多么自作多情。不过，她还是不时留意着瓦尔特·费恩，他和那些爱过她的年轻人并不相同。那些人向她大胆表白，还想吻她——他们的确也是这么做的。可瓦尔特·费恩从不与她谈论情感，对个人经历更是闭口不提。他相当沉默，像个闷葫芦似的，这点她倒并不在意，因为她一个人就能打破沉默。她不经意间说出诙谐的话来，能逗得瓦尔特哈哈大笑，她喜欢看他这样能被自己逗乐。其实，瓦尔特说起话来并不愚蠢，他只是不善于表达罢了。他大概在远东地区工作，眼下正好回国度假。

周日下午，瓦尔特到凯蒂南肯辛顿的家中做客，当时家里来了十几位客人。不知何故他坐了一会儿便离开了。母亲问她这个年轻人是谁。

“我也不熟悉。是你请来的客人吧？”凯蒂问。

“是的，我在巴德利家认识的。他说你们在很多舞会上都见过面。我告诉他，星期天下午有空的话，来我们家坐坐。”

“他叫费恩，好像在远东工作。”

“是的，他是个医生。他是不是爱上你了？”

“老实说，我也不知道。”

“我还以为，当一位小伙子爱上你时，你会知道呢。”

“就算他真的爱上我，我也不会嫁给他。”凯蒂傲慢地说道。贾斯汀太太没有接话。她在沉默，充满了不快。凯蒂臊得满脸通红。她心里清楚，眼下无论跟谁结婚，母亲都不会太在乎，只要能尽快嫁出去。

十

接下来的一个星期里，她又在舞会上见过他三次。瓦尔特不像以前那样害羞了，也比以前爱说了。他确实是位医生，但不是那种开门营业的医生。他是位细菌学家，凯蒂对这个职业毫无概念。他眼下在中国香港有份工作，秋天就要回去。他说起中国的很多事情。对凯蒂来说，不管别人谈论什么，她都会装出一副感兴趣的模样来。不过，听起来，香港的生活倒也充满乐趣，那儿有俱乐部、网球场、跑马厅、马球场，还有高尔夫。

“那儿有舞会吗？”

“有，经常办。”

她很想知道，他跟她大谈香港是否带有什么目的。他好像很喜欢与她交往，但却从未有过哪怕最微小的示爱举动，比如说握一下手，给她一个眼神，或说某个字来表明他不只是把她当作一位舞会上认识的姑娘。接下来的周日，他又去了她家。那天下雨，父亲打不成高尔夫，恰巧也在家，便跟瓦尔特·费恩聊了半晌。后来，她问过父亲他们都聊了些什么。

父亲说："他在香港工作，那儿的首席法官是我的老友。看得出，他是个天资出众的小伙子。"

她知道，通常情况下，父亲总是烦透了那些年轻人，但为了她和妹妹，不得不硬着头皮款待那些前来献媚的追求者，内心却对他们十分厌烦。

"父亲，你好像很少喜欢那些追我的年轻人。"

父亲用慈祥而又疲惫的眼神看着她。

"你打算嫁给他吗？"

"当然不会。"

"他是不是爱上你了？"

"他没有任何表示。"

"你喜欢他吗？"

"一点儿也不，我并不喜欢他。"

瓦尔特完全不是她喜欢的类型。他个头儿不高，长得也不壮实，体格还相当单薄。他的脸虽然棱角分明、线条清晰，肤色却偏暗，胡子倒刮得精光，眼珠是黑的，眼睛却不大，目光呆滞，无论朝什么东西看去，那眼神都是直愣愣的，不招人喜欢。他的鼻子挺拔雅致，眉清目秀，嘴角圆润。有如此鲜明的五官，应该长得很帅才对，可是他偏偏长得不是那么帅气。凯蒂用心琢磨后才发现，他的五官挨个儿看都很漂亮，但拼在一起就不那么好看了。他的脸上总是挂着嘲讽的表情。对他了解越多，就越觉得他不好相处，是个不懂得情趣的人。

那一年，社交季已接近尾声。他们俩已经相互了解了很多，但瓦尔特还是对她若即若离，让人捉摸不透。确切地说，和她在一起，他不是害羞，而是局促不安。奇怪的是，他的言谈还是像以前那样冷淡。凯蒂最终断定他根本不爱她，只是喜欢与她交往，他说话很随意。他十一月份回到中国后，就会把她抛到脑后。她寻思着，保不准他与香港某个护士早就有了婚约，这个护士说不定还是个牧师的女儿，长相普通，做起事来笨手笨脚，说起话来无聊透顶，精力倒是很充沛，这种女人做他老婆，想来才是绝配！

多丽丝与杰弗里·丹尼森订婚了。多丽丝刚满十八岁，就要喜结良缘，可她虚度了二十五个春秋，依然形单影只，万一这辈子嫁不出去怎么办？这个社交季唯一向她求婚的是个二十岁的小伙子，还在牛津上学，她可不能嫁给一个比自己小五岁的男孩儿。她把一切都搞砸了。去年她拒绝了一位丧偶的骑士，他有三个孩子。凯蒂回想起来，仍感到有点儿懊悔。母亲一定会变得更可怕。这几年来，母亲对她的婚恋寄托着厚望，一贯让多丽丝委曲求全。可如今，多丽丝也会趾高气扬，这下免不了对她幸灾乐祸。想到这里，凯蒂的心里沉甸甸的。

十一

一天下午，凯蒂从哈罗德百货公司步行往家走，走到布兰普顿路时，恰巧遇到了瓦尔特·费恩。瓦尔特很高兴地迎上前主动跟她说话。然后他又问她要不要到公园里走走。她想回家也没什么事，家已经不那么好待了。于是，她同意跟他一起闲逛，像以往那样很随意地聊天。瓦尔特问她夏天准备去哪儿度假。

“一般的情况下，我们全家都去乡下度假。你看，我父亲工作很劳累，我们尽量选择幽静的地方避暑。”

凯蒂这番话说得半真半假。她很清楚，父亲的工作还不至于忙到让他疲惫不堪的地步，即便是那样，父亲想去度假，要去什么地方也不是他说了算。凯蒂之所以这么说，是因为幽静的地方很省钱。

“我们到那边的椅子上坐坐吧？”瓦尔特突然打断她的话问。

她顺着他的目光看去，只见不远处的大树下，有两把绿色的椅子。

“好吧。”

两人坐下后，瓦尔特变得魂不守舍起来。他这个人真是古怪，她继续很有兴致地说着话，但是她摸不透他心里在想着什么，瓦尔特为什么请她到公园里散步？是想跟她讲讲香港那个笨手笨脚的护士吗？他们之间的恋情跟她又有什么关系。忽然，他转过身来看着她，面色苍白，她的话还没有说完，又被他给打断了。她才发现，自己说了老半天，他压根儿就没听进去。

“我有话想对你说。”

她忙瞥了他一眼，见他的眼睛里充满痛苦和焦虑。他的声音紧张而低沉，似乎在发抖。凯蒂没弄明白他为什么要激动，他又开口了。

“你愿意嫁给我吗？”

“这太突然了！”她惊得脸上没了表情，茫然地看着他。

“难道你看不出来，我早就爱上你了？”

"可你从来没对我表白过呀。"

"我这人笨嘴拙舌，总怕词不达意，表达不好。"

凯蒂的心怦怦乱跳。在此之前，经常有人向她求婚，有的人兴高采烈，有的人热情洋溢。她虽然会觉得对方傻，可从来没遇到过像他这种求爱的方式。

"谢谢你的好意。"她嘴上说，心中却疑虑重重。

"我第一次见到你就已经爱上你了。我早想对你表白，可是我没有勇气开口。"

"可我不知道，你对我是否真心。"她笑着说。

抓住机会笑上一笑，总之是件不错的事。看天空晴朗无比，看阳光灿烂，没有什么比这样的好天气更令人身心愉快，可是周围的空气瞬间被瓦尔特紧锁的眉头变得凝重起来。

"我当然是真心实意的，对你我不想失去希望。可是现在，你马上就要去度假了，到了秋天，我又不得不返回中国，我怕我们很难再见上一面。"

"这事儿我倒没想过。"她若有所思地说。

他没再说什么，低着头，闷闷不乐地看着草坪。这个古怪的家伙，表明心迹后，就当没事人一样。对此凯蒂感到不可思议，像他这种表达方式，她以前从未见过。她有点儿惊慌，有点儿得意，他的木讷反倒让她心有所动。

"你得给我时间考虑。"

他仍一声不吭，也不说话，也没有要走的意思。难道他非要逼她当场表态吗？这真是太无理取闹了，她总得和母亲商量商量吧。她刚才答复的时候，就应该站起来。可不知为什么，她也没有要走的意思。她没看他，但在心里却想着他的外表。没想到，这个男人只比自己高那么一丁点儿。与他坐在一起，不难看出他长得五官清秀，可表情却冷淡如水。说来奇怪，就是这个小个子男人竟让她春潮涌动。

“我对你还不了解，一点儿也不了解。”她支吾着说。

他朝她看了一眼，她的目光被他吸引住了，四目相接，他的眼睛含情脉脉，这种神情她以前还没感受过。像那种摇尾乞怜的神态，犹如一条被鞭挞过的狗的眼睛，这令她有些反感。

“交往下去的话，你会了解我。”他说。

“你的性格很腼腆，对吧？”

无疑，这是她亲身经历过的最古怪的一次求婚。即使现在她也觉得在那种场合下他们的谈话格格不入。她对他毫无爱意，她也不明白当时为什么不果断拒绝他的求婚。

“我非常愚笨，”他说，“但我只想告诉你，我爱你胜过这世界上的一切，我觉得这话我能做到却不好说出来。”

说来也真奇怪，他的这番话反倒让她莫名其妙地心动起来。他这人并非表面上那样冷淡，只是不会表达而已。此时此刻，她倒是有点儿喜欢上他了，这种感觉还没有过。多丽丝即将在十一月份结婚，那个时候，瓦尔特应该上路去中国，假如真的嫁给他，到时就能与他结伴同行了。在多丽丝的婚礼上充当伴娘，那可不是什么好事。如果有机会避而不去，正是她求之不得的。多丽丝嫁作人妇，可她还是单身，多丽丝正值青春妙龄，相比之下，她就越发显得老大不小了。尽管瓦尔特不是她梦寐以求的如意郎君，但嫁给他，总算有家有业。更何况，结婚后远在中国，这里的一切，眼不见心不烦，倒也轻松不少。她讨厌母亲那张不饶人的嘴，想想与她同时进入社交圈的女孩子早都结婚了，大部分还有了孩子，她讨厌去看她们，讨厌她们絮絮叨叨聊着生儿育女的事情。只有瓦尔特·费恩这时能给她提供焕然一新的生活。她转过身来，朝他微笑，她非常清楚这笑的魅力。

“要是我眼下能答应你，你什么时候娶我？”

他兴奋地倒吸一口气，苍白的面颊立刻红润起来。

“立刻、马上！当然是越快越好。我们去意大利度蜜月，共度八月和九月。”

若能这样，她就不用跟父母躲到乡下，住在每周五个基尼[①]的牧师房里。她的脑海里瞬间闪现出《新闻晨报》上的启事：这对新人因为要赶赴远东，不日将举办婚礼。她太了解自己的母亲了，巴不得女儿的婚事能引起轰动。那时候，多丽丝尚在闺中，难出风头。等多丽丝举办盛大婚礼时，她早就远走高飞了。

她朝他伸出手。

“我也很喜欢你，不过你得给我时间，让我慢慢适应你。”

“这么说，你同意了？”他追问道。

“岂能不应。”

① 英国金币名，已停止流通。

十二

那时她对他不了解。现如今结婚都快两年了，她对他的了解并没有多少改观。想当初，他的温厚善良让她感动不已，他的一往情深出乎她的意料，让她受宠若惊。他对她体贴入微，关怀备至，让她感到情暖意绵。只要她的心愿或要求，他都会有求必应，尽快满足。他会不时送她小巧的礼物。当她偶感风寒，没人比他照顾得更加细致入微。如果她有什么懒得去做的事情交给他，他会当成重要的事尽快去做，仿佛是凯蒂施舍给他表现的机会。让她感到最难受的是，他太过有礼貌。她开门进屋时，他总要起身相迎；她上下车，他忙着在前伸手扶她一把；他们在大街上不期而遇时，他要脱帽致意；她动身外出时，他要抢先一步为她开门；他进她的卧室或化妆间，都要先敲门示意。他待凯蒂如上宾，跟大多数结婚的男人完全不同。他如此殷勤，倒也让她欢喜，可她总感到有点儿滑稽。要是他不拘礼节，相处起来会更随意些，新婚宴尔没有让她对瓦尔特感到亲近，反倒觉得瓦尔特太过热情，古怪可笑，还是个性情乖张、多愁善感之人呢。

瓦尔特是个性情敏感的人，凯蒂发现他的情绪多变后，感到不安。他的自我控制源自他的腼腆或是生活习惯，她搞不清是哪一种。每当他欲望满足后，就会搂着凯蒂，却羞于说出缠绵的情语，生怕会出笑话，可又像个孩子似的，说些不受听的话。曾有一次，她忍不住笑他胡说八道，没想到伤到了他的自尊。她感觉到搂着她的双臂立刻松了下来，还一声不吭地下了床，径直走回自己的卧室。她并不想伤害他的感情，一两天后，主动向他解释。

“你这个傻瓜，我其实并没有介意你说的那些胡话。”

他不好意思地笑了。没过多久，她又发现，瓦尔特很不合群。他与人交往时，像受到束缚一样特别拘谨。在派对上，大家齐声歌唱，他却不愿参与，显得格格不入。他坐在一旁，面带微笑，好像是很开心地听着，但那微笑却是装出来的，看上去更像是一种应付。她不免产生这样的怀疑：在他眼里，这些尽情欢笑的人都是一群傻瓜。他从来都不愿扎堆玩圆桌游戏，可凯蒂却玩得兴高采烈，忘乎所以。在去中国途中的化装舞会上，他断然拒绝穿着花哨的衣服参加化装舞会，他觉得这一切无聊至极，让她很扫兴。

他们的性格正相反，凯蒂生性活泼，能一天到晚说个不停，而且是想说就说，想笑就笑。他的木讷却让她很难堪，闲说闲聊时，他不置一词，令她恼火。有些话题无关紧要，只要他能应和一声，也让人感到舒服。如果下雨了，她马上会说：“雨下得真大！”她很想听到他应声说：“嗯，是挺大。”可是他像木头人一样，一声不吭，她真恨不得走上前去把他摇醒。

“外面的雨下得真大。”她故意在他面前又大声说道。

“我听见了。”他不得不回答，脸上笑得含情脉脉。

看得出，瓦尔特并没有故意让她生气，不说话是他觉得没什么好说的。可是凯蒂心想：如果非要等到有话要说才开口，那人类很快会丧失语言能力。

十三

老实说，瓦尔特是个毫无魅力的人，因此不受大家重视。凯蒂来香港不久就发现了这一点。她对他的工作不了解，却知道细菌学家对政府来说只是无足轻重的角色，他也不愿和她谈论工作上的事。刚开始，她对他的工作还是挺感兴趣的，什么都不懂地问这问那，可他总是搪塞过去。

“我的工作枯燥，技术性强，”他这样回答，“拿到的薪水也很低。”

他的性格太过内向，他的出身，所受的教育背景以及生活履历，都是凯蒂一点一点探问出来的。瓦尔特最讨厌回答有关他的事情，可凯蒂天生好奇，连珠炮似的发问，他的回答一个比一个生硬简短。凯蒂留意观察，倒不是他故意隐瞒什么，而是他对自己特别保守，不愿意谈论自己，因为这会让他感到不自在。他不知道如何敞开自己的心扉。他有时间喜欢读书，但在凯蒂眼里那是多么枯燥乏味。他在生活上从来都很自律，不是埋头写科学论文，就是阅读与中国有关的书，要不就是阅读历史著作。他业余时间还喜欢运动，经常打网球，还喜欢打桥牌。

她还很纳闷儿，像瓦尔特这样的人，为什么会爱上自己。这个内敛、自持自重的男人，应该会有更适合他的人。却偏偏是他疯狂追求她，为了让她开心，他愿意为她做任何事。他就像个小蜡人，任由她摆布。可是一想到他展示给她的那一面，她就不免生出鄙视。她怀疑他的冷漠态度，他对凯蒂交往的人和事的轻蔑、容忍，不过是个幌子，以掩盖他内心的空虚。但是瓦尔特很聪明，大家都这么认为。在十分偶然的情况下，他与三两个好友相处时，才会兴致勃勃。除此之外，凯蒂还没发现他那么愉快过。她倒没有嫌他无聊，而是没把他放在心上。

十四

凯蒂经常在茶会上见到查理·汤森太太，但见到查理·汤森本人是来香港几个星期之后。她和丈夫去他家赴宴时，才被引见给他。当时凯蒂还心存戒备，听说查理·汤森是助理辅政司，要是他假意屈尊俯就，她才不会吃他那一套。她早在汤森太太身上就有所领教，表面上客气周到，实际上不过是礼数上的应酬。他们用餐的客厅宽敞明亮，与他们在香港应邀去过的很多客厅一样，朴实舒适。汤森家举办的是大型宴会，他们是最后赶到的客人。进到客厅，身穿制服的中国仆人正在转着圈地分发鸡尾酒和橄榄果。汤森太太很随意地跟他们打了招呼，看一眼来客名单，告诉瓦尔特跟谁同桌用餐。

凯蒂看见一位高大英俊的男人向他们走来。

“这是我丈夫。”汤森太太介绍说。

“很荣幸跟你们坐在一起！”那人对凯蒂说。

凯蒂虚荣心得到了满足，心中的戒备烟消云散。尽管他的眼睛里满含笑意，凯蒂还是从中看到了一丝惊讶。她心领神会，甚为得意。

“多萝西准备了这么多美味佳肴，”他说，“我恐怕不能好好享用了。”

“为什么？”

“怎么就没人通知我呀？至少该提醒我一下。”

“提醒什么？”

“没人跟我说过一个字，我怎么知道今天会见到一位绝世美女？”

“这话让我怎么接才好。”

“那就什么都别说，把话都留给我说，我要一遍又一遍地说下去，认识你这位美女真是荣幸之至。”

凯蒂不为所动，她不知道他的妻子是怎么跟他说自己的。他肯定知道她的一些事。汤森笑容满面，低头看着凯蒂，似乎想起了什么。

“她长什么样？”他太太说起费恩医生的新娘时，他这样问过。

“嗯，相当漂亮的小美女，有明星气质。”

“她演过戏吗？”

“哦，没有，我想没有。她父亲是个医生或者是律师。我们应该邀请他们吃顿饭。”

“这不着急。”他们并肩坐在餐桌旁，他告诉凯蒂，自从来到香港，他就认识了瓦尔特·费恩。

“我们经常打桥牌，他可是俱乐部里最优秀的桥牌手。”

回家的路上，她把听到的话告诉了瓦尔特。

“这么说也不算过分。”

“他的桥牌打得怎么样？”

“打得不坏。牌顺时打得很好，牌不顺时就一败涂地。”

“他打得跟你一样好吗？”

“我对我的牌技是有自知之明的。应该说，在二流牌手中，我是玩得不错的。汤森自称一流，可惜他还没达到。”

“你不喜欢他？”

“谈不上喜欢，也不讨厌。我相信他工作做得不错，大家都说他是个很棒的运动员。我对此一点儿兴趣都没有。”

瓦尔特模棱两可的回答惹恼了她，这已不是头一次了。她不明白，如此小心谨慎的回答有必要吗？喜欢就喜欢，不喜欢就不喜欢。初次见面，她就很喜欢查理·汤森，她对此也是没有意料到，查理可能是香港最受欢迎的人。据说内阁大臣很快就要退休，大家都希望查理能接替他。他会打网球、马球、高尔夫球，还养着好几匹赛马。他是个乐善好施的人，别人危难时总能慷慨解囊。他做起事情来从不拘泥于形式。他平易近人，不装腔作势。凯蒂不知道为什么，以前讨厌别人说他好话，觉得他狂妄自大，看来她是弄错了。指责他狂妄自大，绝对是对他的冤枉！

那天晚上，她过得很愉快。他们谈过伦敦的剧院、爱斯科特的赛马会，还有考斯的海滨浴场，她所熟悉的事情他们无一不谈。她都忍不住幻想，或许他们曾在伦诺克斯花园见过面。晚饭后，男士们都去了会客室，他又信步走了过来，在她身旁坐下。尽管他说的话没什么逗趣的事，但总能让凯蒂感到十分开心。她想，这是因为他说话的方式不同吧：他的嗓音低沉深厚，很悦耳。他闪烁的蓝眼睛令人愉悦。跟他在一起不会感到拘束。毫无疑问，这是个招人喜欢的魅力四射的男人。

他高高的个子，至少有六点二英尺[①]，体形匀称，身上没有一点儿赘肉。他衣着考究，穿戴得体，在宴会上很出众，凯蒂喜欢这种风度翩翩的男人。她把目光又转向瓦尔特：他倒是应该多注意一点儿仪表。她留意到了汤森西装袖口上的链扣与马甲上的排扣，她在卡地亚珠宝店里见过这些。但是这些自然是价格不菲。他的脸黑中透亮，烈日的暴晒并未夺走他双颊上的健康之色。她很喜欢他嘴唇上精心修剪的卷曲的胡须，衬托着他丰满红润的嘴唇。他长着黑色短发，梳得油光锃亮。最好看的要算那双眼睛，它是那么地蓝，含着笑意，不禁使人轻易地被其俘获，长着这双深蓝眼睛的人，该是个性格温和之人，绝不可能忍心伤害谁。

凯蒂相信凭自己的容貌，她会给查理留下深刻印象。即使他没有对她说什么甜言蜜语，那双温情脉脉的眼睛已经说明了一切。他应付自如的样子令人愉悦，言谈举止一点儿也不做作。凯蒂熟悉这样的氛围，在开玩笑的话语中，他不时加入一两句得体的恭维话，很讨凯蒂的欢心。在握手作别时，查理使劲握了握她的手，那意思再明白不过了。

“我想我们很快会再见面。”弦外之音，凯蒂不会不懂。

“香港很小，不是吗？”

---

① 1英尺合0.3048米。

十五

仅仅三个月的时间，他们俩的关系就发展到了如此地步。查理向她坦言，第一次见到她的那天晚上，他就爱上了她。她是他这辈子见过的最美丽的女人。她当时身穿新婚礼服，他记忆犹新，她宛如山谷里的百合风姿绰约。查理没有表白前，她就知道他爱上了自己。可她内心仍存一丝担忧，故意保持着一定的距离。可是他的情感过于炽热，保持好距离很难做到。她怕他吻她，一想到他的双手搂住自己的身体，她的心就会怦怦怦乱跳。她以前从没这样爱过，这感觉真是太奇妙了。她正品尝着爱的滋味，反倒对痴情的瓦尔特生出一丝怜悯。她半开玩笑地逗弄查理，竟发现他并不反感，刚开始她还有点儿顾忌，但是现在她越发自信了。她打趣似的取笑他，看到他脸上慢慢浮现出笑容，她觉得很好玩。查理被她搞得又惊又喜，她想这段日子以来，她定会将他征服。现在她又多了些伎俩，开始欲擒故纵，如琴师饱含深情地将手指轻轻划过琴弦，看见查理被自己逗得晕头转向，不知所措，她忍不住想笑。

查理成了她的情人，她与瓦尔特的关系就变得十分荒唐。瓦尔特一脸严肃，持重克己，她竟然也忍不住想笑。她现在是那么快乐，却察觉不到对瓦尔特有点儿过分。话说回来，要不是瓦尔特无意间牵线搭桥，她也不会认识查理。她也是犹豫再三后，才走出最后一步。不是她不愿意向查理投怀送抱——她本人也是激情难耐，她畏缩于文化教养和传统观念，不敢轻易出轨。最终两人在一起，纯粹出于偶然。当机会突然降临，他俩也没预料到。凯蒂惊讶地发现，出轨后的感觉与过去相比并没有什么不同。她本以为，这会给她带来翻天覆地的变化，能让她变成另一种样子。对着镜子打量自己时，她茫然地发现，里面还是前一天的那个女人。

“你恨我吗？”他问她。

“我爱你！”

“你不觉得你浪费那么多时间很傻吗？”

“真是个傻瓜！”

十六

凯蒂这种无法抑制的快乐，让她重新焕发青春。结婚前，她的青春正逐渐凋谢，脸上有了皱纹，失去了青春活力。等着看她笑话的人，说她是没人要的货色。二十五岁的姑娘与同龄的已婚少妇显然不同。凯蒂犹如一朵玫瑰花蕾，花瓣未舒展开就要凋零，可是眼下突然变成绽放的玫瑰。她的眼睛深情款款，她深以为傲的肌肤光鲜夺目，简直能跟仙桃或者鲜花媲美，也不完全对，应该是仙桃和鲜花可以跟她的肌肤相媲美。她似乎又回到了十八岁那样魅力四射的青春年华。私下里，好心的女友们还询问她，这样富有神采的气色，是不是怀孕了。以前那些说她鼻子长的人，现在也承认自己判断失误。正如查理初次见她时所说的那样，确实是个惊世美人！

他俩频繁幽会，安排得很巧妙，没出什么差错。他对她说，他的背影太宽，太引人注意。她娇嗔地打断他，不许炫耀自己的身材。他还说为她考虑，他要把风险降到最低，他们见面，不能太过频繁，连他所希望的一半都达不到，这都是替她着想。他们时常在古董店里约会，有时候，查理趁午饭后四下无人，溜进她家幽会。除此之外，她还能经常在各种场合见到他。看到他一本正经跟她说话，就像跟其他人那样轻松快活，她觉得十分有趣，谁能想到，就在刚刚他还用热情的双臂搂着她亲热呢。

凯蒂对他崇拜至极。他打马球的时候，脚蹬锃亮的长筒马靴，身穿白色马裤，简直是帅极了！他穿上网球服，活脱脱是个大男孩儿。他也以自己的身材为傲，那是她见过的最优美的身材。为了保持体形，他也是下了苦功。他从不吃面包、土豆和黄油，坚持锻炼。她还喜欢他护手时表现出的细心，每周还要去修剪一次指甲。他是位出色的运动员，前年还获得当地网球赛的冠军。他还是她见过的最优秀的舞伴，和他一起跳舞，总有如梦似幻的感觉，没人会想到他已年届四十。

“我觉得你是在骗我，其实你只有二十五岁。”

他听了哈哈大笑。

“天哪，我的大儿子都十五岁了。我可是个中年人，再过几年，我就变成胖老头儿了。”

“你活到一百岁，也是迷人的。”

她喜欢他又浓又黑的眉毛。她怀疑是不是因为这道浓眉，他的眼睛才变得如此动人心弦。

查理多才多艺，是个不错的钢琴手，可以演奏拉格泰姆音乐。他能用浑厚的嗓音和幽默技法，唱些滑稽歌曲。她不知道还有什么事情是他做不来的。他的工作同样十分出众，他告诉凯蒂，因为出色地解决了某个难题，总督大人还专门向他祝贺。听到这里，她在内心也分享着他的喜悦。

“虽然我只是口头上提了一点儿意见，”他笑着说，双眼因为望着她而异常迷人，“在我们部门里，没有哪个家伙比我做得更好。”

唉，她多希望丈夫是查理，而不是瓦尔特。

十七

她现在不能确定，瓦尔特是否知道了这件事。如果还不知道，这事就这样过去了；要是知道，反倒是最佳的结局。刚开始她还能偷偷摸摸地与查理约会，可是她的激情越发高涨。她现在难以容忍那些横在两人之间的障碍。查理不止一次说，他痛恨自己的职位，因此不得不小心谨慎，也痛恨束缚两人约会的各种阻碍，要是他俩都是自由的，那该多好！她能理解他的言外之意，没人想惹事上身。做出改变个人生活的重大决定之前，总该三思而行。她多么希望这种自由降临到他俩身上，然后一切事情就会变得十分简单！

她跟查理走到一起，似乎也不会给谁带来多大伤害。查理的妻子是个冷漠的女人。多年来，他们之间早没了爱情，他俩生活在一起，只不过是为了孩子。跟她的情况不同，瓦尔特很爱凯蒂。不过话说回来，瓦尔特会把全部的心思用在工作上，何况还有桥牌，还有俱乐部可去。他也许会难过一段时间，但肯定能克服过去，他完全有条件再和别人结婚。查理还跟她说过，搞不明白她为什么非要跟瓦尔特耗一辈子。

她刚才还很不安，现在释然了。当看到窗户把手慢慢转动，那情形确实令人害怕。不管瓦尔特想要怎样，他们都做好了最坏的打算，而且还做好了心理准备。到那时，查理将和她一样感到如释重负。

瓦尔特是位绅士，他很爱她，自然会做出明智的选择，同意跟她离婚。他俩的结合本来就是一个错误，幸运的是，及时发现为时不晚。她已经做好准备，该如何向他摊牌，如何处理他们之间的关系。她会面带微笑，语气和蔼，原则是态度坚定，绝不让步。犯不着争吵，以后见面也会高高兴兴的，她真心希望，在一起度过的两年时光里，将会成为他最珍贵的记忆。

多萝西・汤森一点儿都不会在乎跟查理离婚，凯蒂想，他们最小的儿子即将回国读书，多萝西跟着回去再好不过，她在香港也无事可做，到了假期，还可以跟孩子们一起度假，再说英国还有她的父母。

事情是如此简单，不会闹得沸沸扬扬，也不会传出什么丑闻，他们就可以顺顺利利地结婚。想到这儿，凯蒂长长地舒了一口气，他们会很幸福。为了达到这个目的，历经磨难也是值得的。她的脑海开始浮现出一幅又一幅模糊的画面，他们会度过愉快的旅程，将会住进新的房子，他的仕途一帆风顺，她会是个理想的贤内助。到那时，查理会为拥有她而感到自豪；而她呢，她本来就是崇拜他的。

在这美好的憧憬中，却奔腾着一股暗流。这情形有点儿古怪：

仿佛管弦乐队中的木管乐器和弦乐器在演奏美妙的牧歌，而鼓乐器却在低音部敲击着不祥的节奏。瓦尔特就要回家。一想到这儿，她就心跳加速。下午离家时，他没跟她说一声，这就很反常。她倒不是怕他，就算他知道了，又能怎样？她不停地说服自己，却无法消除内心的不安。她把想对他说的话，在心里又重复了一遍，大吵大闹有什么用呢，她不是故意伤害他，她也是身不由己，因为她根本不爱他。为一场名存实亡的婚姻伪装下去毫无意义。她不希望他不高兴，他们的结合本来就是一个错误，只有承认错误，才是唯一的明智之举，她会一直念着他的好。

她这样想着，掌心里冒出了冷汗，她还是感到害怕，接着又恼怒起来。他要想大吵大闹，随便好了，要是把关系闹到不可收拾的地步，那就不要怪她翻脸无情。她会告诉他，她从来就没有爱过他，结婚后没有一天不后悔。他很无趣，让她感到厌烦，厌烦，厌烦！他自以为高人一等，这简直可笑。他毫无幽默感，她讨厌他盛气凌人的架势，讨厌他的冷漠，讨厌他的自我克制，要是一个人对任何事情、任何人都不感兴趣，心中只有自己，那么他的自我克制也是很容易的。他让她反感，不愿意让他吻她。他有什么可自负的？既不会跳舞，也不会唱歌，聚会时只能让人扫兴；他不会打马球，网球也打得稀松平常。不就是会打桥牌吗？谁在乎桥牌呢？

凯蒂越想越气，他胆敢责备她，就有他好瞧的，发生的一切全是他的错。谢天谢地，他知道了真相。她恨他，永远都不要再见到他。为什么还要缠着她？他缠着她嫁给了他，现在她受够了。

“受够了！”她重复着，声音因愤怒而颤抖，“受够了！受够了！”

这时花园入口传来汽车声。

他朝楼上走来。

十八

他走了进来。她的心狂乱地跳着，双手在抖。还好，她正躺在沙发上，手里拿着本书，假装一直在看书。他在门口站了一会儿，他们对视了一下，她的心一沉，一股寒意传遍全身，让她抖动了一下。她突然想起那句很符合现在情形的话：有人打你坟前走过！他的脸色如同死人般难看，这样的脸色她见过一次。当年他坐在公园的椅子上向她求婚时就是这样。他深色的眼珠一动不动，瞪得难以捉摸，瞳孔大得出奇。他什么都知道了。

“你今天回来得挺早。”她说。

她嘴唇颤抖，几乎说不出话来。她吓坏了，担心自己就要晕过去了。

“跟平时差不多吧。”

他的声音听起来有点儿怪，最后一声提高了音调，他本想说得随意些，却加重了语气。她浑身在发抖，不知他看出来没有，她强忍着才没有发出尖叫。他终于将目光垂了下来。

“我去换件衣服。”

他转身离开了房间。她浑身瘫软，两三分钟过去了，她还是一动不动。终于，她还是从沙发上艰难地站起来，就像大病初愈，一路扶着椅子和桌子，慢慢走到走廊，然后用一只手扶着墙壁挪回卧室。她穿上参加茶会时穿的衣服，返回起居室，有聚会时，这间屋子就是他们的客厅。见他站在桌子旁看《每日摘要》上的图片，她硬着头皮走了进去。

“我们下楼吧，晚餐准备好了。”

“让你久等了吧？”

她控制不住嘴唇的哆嗦，真是糟糕。

他准备在什么时候把事挑明？

两人在餐桌旁坐下来，沉默了一会儿，他先开口说了句再平常不过的话，却有着不祥的感觉。

“女王号今天没有到港，”他说，“我想，是不是遭遇了暴风雨。”

“应该是今天到吗？”

“是的。”

她朝他看去，只见他眼睛盯着盘子。他又说了别的事，同样无关紧要，内容是即将举行的网球比赛，说得很详细。他的声音通常令人愉快，抑扬顿挫，富于变化，现在全在一个调上。凯蒂觉得他的声音就像是从遥远的地方传来的。他在说话时，眼睛要么直勾勾地看着盘子，要么呆愣愣地看着桌子或墙上的画，就是不和她对视。她意识到，他没有与她对视的勇气。

“我们上楼吧。”晚饭结束后，他说。

“听你的。”

她站起身，他为她开门。她经过他身旁，他垂下了眼睛。他们走进起居室，他又拿起了那份报纸。

“是最新一期吗？我好像还没看过。”

“不知道。我也没留意。”

这份报纸在那儿放了两个星期。她知道他已经翻过很多遍。他拿起它坐到椅子上。她躺到沙发上，又拿起了那本书。在平时的晚上，他俩总要玩一玩扑克牌，要么在一起玩，要么各玩各的。他现在跷着二郎腿斜靠在安乐椅上，一副怡然自得的神态，似乎在看插图，却一直没有翻动报纸。她在看书，却什么也看不进去，她的头剧烈地疼起来，他要等到什么时候才把事情挑明？

两人静坐了一个小时。她不再假装看书，手中的书不知什么时候已经掉落，她出神地望着半空，不敢做出任何动作，怕弄出声响。他也一动不动地坐在那儿，很是惬意，一双大眼睛凝视着图片。他的沉静带着一种危险，让人想到一头野兽，不知什么时候会朝她扑来。

他冷不丁站起来，吓了她一跳。她握紧双手，紧张得脸都白了。

来吧！

“我还有一些工作要做。”他的声音很平静，目光却避开了她，“如果你不介意，我回书房。我想，等我忙完，你也应该上床休息了。”

“今天晚上我很累。”

“那么晚安。”

“晚安。”

他走出起居室。

十九

第二天早上，她急忙给汤森的办公室打电话。

“喂，什么事？”

“我想见你。”

“亲爱的，我非常忙，走不开。”

“这事儿很重要，我能去办公室找你吗？”

“恐怕不行。我要是你，就不会来办公室。”

“那么，你到我这儿来。”

“我走不开，下午怎么样？你不觉得我不去你家会更好吗？”

“可是我想见你。”

电话沉默了片刻。她担心被他挂断。

“你还在吗？”她焦急地问。

“是的，我在想办法。发生什么事了？”

“电话里不好说。”

电话那头又沉默了一会儿。他才说。

“那么，好吧，一点钟的时候，我抽出十分钟见你，你最好先去古董店等着，我会尽快赶过去。”

“还是那家古董店？”她犹疑地问。

“是的。我们总不能去香港酒店见面吧。”他不耐烦地说。

她从他的声音里听出了一丝愠怒。

“好吧，就在古董店。”

二十

黄包车拉到维多利亚大道，下车后，她穿过陡坡上的一条窄巷来到古董店。她在外面闲逛了一会儿，仿佛很有兴致地看着橱窗里的小古董，门口的伙计一眼认出了她，咧开嘴会意地笑了笑，朝店里的人说了句什么。随后，身穿黑袍、胖墩墩的店主出来迎接她。她趁机连忙走进店里。

“汤森先生还没来，太太先到楼上去好吗？”

她来到店铺后面，摸黑走上晃悠的楼梯。店主紧跟着她上来，给她打开卧室的门锁。屋里堆满杂物，还弥漫着呛人的烟味。她在一个檀木箱子上坐了下来。

过了一会儿，她听见楼梯上传来沉重的脚步声。汤森走进屋随手将门关上。他的脸色阴沉难看，一看见她，就云开雾散，露出那灿烂迷人的微笑。他一把搂她入怀，吻了吻她的嘴唇。

“出什么事了？”

“见到你我感觉好多了。”她依偎在他怀里。

他却丢开她，坐在床边，点了一支烟。

“你看上去跟丢了魂似的。”

“这不奇怪，”她说，“我昨晚整夜都没合眼。”

他看了她一眼，还是那样笑着，但那微笑有点儿僵硬，显得很不自然。她看得出来，他眼里有一丝焦虑。

“瓦尔特已经知道了。”她说。

他停顿了一下，回应道：

“他说了什么？”

“什么也没说。”

“什么都没说？”他紧盯着她，“那你凭什么认定他知道了？”

“从各方面看，他的眼神，吃饭时说话的腔调。”

“他要脾气了？”

“不，恰恰相反，他很谨慎，客客气气。自从我们结婚以来，他第一次道晚安时没有吻我。”

她垂下了眼帘，不知道查理能不能理解。平时瓦尔特总会将她拥入怀中，吻着她的嘴唇，舍不得松开。亲吻让他整个人变得温柔多情。

“你觉得他为什么闭口不谈？”

“我不知道。”

又是一阵停顿。凯蒂坐回到檀木箱上，焦急地看着汤森。他的脸色又变得阴沉起来，眉头紧锁，嘴角下垂。然后，他突然抬起头，眼中掠过一丝狡黠的光。

“他要是真想说点儿什么才怪。”

她没有接茬儿，不明白他是什么意思。

“说到底，对这种事睁一只眼闭一只眼的人，不止他一个。大吵大闹又有什么好处？他要想闹早就闯进你的房间了。”他眨了眨眼睛，解嘲道，“当时咱俩的样子，真是一对十足的傻瓜。”

“你真该看看昨晚他那张脸。”

“我猜，他肯定很沮丧。受了打击嘛。对男人来说，出了这档子事儿肯定很丢人。不吵不闹，他的样子一直像个大傻瓜。在我的印象中，瓦尔特可不是会把家里的丑事说出去的人。”

“我想他也不会，”她神思恍惚地回应道，“他这人死要面子，我早发现他有这个毛病。”

“如果是这样，那就再好不过。换作他的立场来考虑这事，我们就该知道怎么应对了。对男人来说，遇到这档子事情，要想保住面子，唯一的办法就是假装不知道。我敢跟你打赌，除此之外，他别无选择。”

汤森越说越起劲，一双蓝眼睛泛着光芒，像平时一样有说有笑。听他这么说，她也感到事情没那么严重。

“上帝做证，我可不想在背后说他的坏话，可说到底，一个细菌学家也没什么了不起。西蒙斯一滚蛋，我就有可能当上辅政司。如果瓦尔特不跟我作对，对他也是大有好处的。他得为自己的饭碗考虑吧，我们不都是这样。你觉得殖民政府会重用一个闹出丑闻的家伙吗？相信我，如果他什么都不说，会有他的好处，要是闹得沸沸扬扬，可就什么都没有。”

凯蒂听不下去了。她知道瓦尔特十分腼腆。他害怕吵闹，担心引起别人的注意，她相信这些都会对他造成伤害，但他不会为物质利益所左右。也许她对瓦尔特还不了解，可是查理对他更是一无所知。

“他可是很爱我的。”

他没有回答，却调皮地看着她笑。他那迷人的眼神，她既熟悉又喜欢。

“为什么不说？我知道你要说一些非同寻常的见解。”

“你知道，女人的错觉就是，总以为这世上的男人都爱着自己，实际上并不是那么回事。”

直到这时，凯蒂才露出笑脸。他的自信很有感染力。

“这话可真是耸人听闻！”

“我只想让你知道，你最近并没有留意你的丈夫。也许，他已经不再像从前那样爱你。”

“无论如何，我都不会奢望你会爱我爱得发疯。”她看着他，反唇相讥道。

“你这么说可就不对了。”

啊，听他这么说可真好！她就知道他会这么说，也会这么做，这让她心里暖暖的。他走过来，挨着她坐在檀木箱子上，并伸出手搂住她的腰。

“别再折磨你这可爱的小脑袋瓜儿，”他接着说，“我敢保证，这没什么好担心的。我敢打包票，他会假装什么都没发生。这种事很难证明。你说他很爱你，或许他不想失去你。如果你是我的妻子，我发誓，不管发生什么事，我会依然爱你。”

她软软地靠在他身上，她很爱查理，这种爱很痛苦，简直就是煎熬。不过查理的话点醒了她：只要她还在瓦尔特身边让他爱着自己，说不定他还像从前那样，爱她爱得要死，并愿承受任何羞辱。她对此深有同感，因为她对查理就是这种感受。骄傲贯穿了她的全身，同时对一个爱自己爱得如此卑贱的男人心生藐视。

她含情脉脉地搂着查理的脖子：“你真了不起！刚才我还像

一片树叶一样颤抖不已，听你一说，什么都好了。”

他用手捧着她的脸，亲吻她的嘴唇。

“亲爱的。”

“你让我宽慰多了。”她叹道。

“没必要紧张兮兮。有我在，绝不会丢下你不管的。”

她的恐惧烟消云散，随之而来的是对未来的憧憬化为泡影，现在什么危险都过去了，可她还是希望瓦尔特能跟她离婚。

“我知道你是值得信赖的。”她说。

“我也是这样想的。”

“你现在不想回去吃午饭吗？”

“哦，该死的午餐。”

他把她拉入怀中，紧紧地搂住她，亲吻着。

“哎，查理，放开我，我得走了。”她喘息着说。

“绝不。”

她轻轻笑出声来，这是幸福的笑，也是胜利的笑。查理的眼中正燃烧着爱的欲火，他把她抱起来，紧紧地搂在怀中，顺势把门插上了。

二十一

整个下午，她一直琢磨查理说瓦尔特的话。到了晚上，他们夫妇说好要外出赴宴。瓦尔特从俱乐部回来时，她正在梳妆打扮。

他敲了敲门。

“进来。”

他没有推门，站在门外说："我去换衣服。你多长时间能准备好？"

"十分钟。"

他没再说什么，直接进了自己的房间。他的声音还是那样克制，这腔调昨晚她就领教了。现在她更相信自己的判断，她在他换好衣服之前就打扮好了，他下楼时，她已经坐到了车上。

"让你久等了。"他说。

"没什么。"她回答。她说话时脸上还保持着微笑。

下山的路上，她还说了一两句话，他回答得很勉强。她耸了耸肩，心里有些不耐烦：如果他愿意生气，那就生吧，反正她不在乎。他们就这样开着车，谁也没再说话，一直到达目的地。这是一场大型晚宴，人很多，菜品丰盛。凯蒂与人愉快地聊天，还不时观察着瓦尔特，他面色苍白，一张脸紧绷着。

"你丈夫看上去很疲倦，他不介意这里的气候吧，是不是工作太累？"

"是的，他工作起来总是很卖力。"

"我想，你们很快就要度假去了？"

"嗯，是的，我希望还像去年那样，再去一次日本。"她说，"医生告诫我，如果我不想身体垮掉的话，就找个地方避避暑。"

以前他们共同参加宴会时，瓦尔特时不时会向她投去微笑的眼神。今天晚上，他却没看她一次。她还注意到，刚才在车上时，他的眼睛回避着她。他扶她下车时，眼睛看向了别处。现在他正与身旁的女士们说着话，依然没有笑，呆愣愣地看着她们。他的眼睛原本就大，这时显得更大，在苍白的脸上，显得乌黑无比，脸紧绷着，样子十分严肃。

跟这样的人聊天，真是“十分愉快”呀。凯蒂不无讥讽地想着。

几个倒霉的女士极力怂恿这个阴沉的男人聊点儿什么，这让她觉得太好笑了。

他显然是知道了一切，这点毫无疑问。他生她的气，可他为什么只字不提？难道是因为爱她，尽管受了伤害，又有满肚子怨气，却生怕她离开才不得已这么做？这样想着，她越发看不起他。但这种看不起是温和的，毕竟那是她丈夫，供她吃住，保她无忧。只要不干涉她，任她为所欲为，她还是应该对他好。换个思路去想，也许他的隐忍，是出于他病态的胆怯。查理说得对，瓦尔特比任何人都害怕闹出丑闻，除非迫不得已他从不在公众面前发言。法院有一次审案传他出庭做证，害得他一个星期都睡不着。他的羞怯，肯定是一种病。

另外还有一个原因，男人都很爱面子。只要没人知道，瓦尔特宁愿视而不见。她接着想查理的话到底对不对，他说，瓦尔特知道怎么做对自己有利。查理是香港最炙手可热的人物之一，很快便会接任大臣之职，没准儿对瓦尔特还大有用处。要是瓦尔特敢故意跟他作对，那瓦尔特绝没什么好果子吃。想到有这么个优秀又有能力的情人，她的心情就好多了。想到在他强有力的怀抱中，让她感到有很强的安全感。人真是奇怪的动物。她从来没有想到瓦尔特会这样卑鄙，他正人君子的样子只不过是一副面具，掩盖住了内心的龌龊。她思考得越多，就越觉得查理的话对极了。

她又朝丈夫瞥了一眼，目光里没有一丝包容。

就在这时，几位女士在闲聊，把他晾在了一边。他直愣愣地目视前方，似乎忘了身在其中的宴会，眼神极度悲伤，凯蒂大为震惊。

二十二

到了第二天午饭后，她躺下来休息，一阵敲门声把她吵醒。

“谁呀？”她不胜恼怒地大喊。

她最不习惯被人打扰了。

“我。”

她听出是丈夫的声音后，迅速坐了起来。

“进来。”

“我把你吵醒了。”他进门后说。

“确实。”她用自然的语气说道。这两天来，她一直这么和他说话。

“你到隔壁房间来一趟，我有话要和你说。”

她的心开始乱跳。

“等我穿好衣服过去。”

他先走了。她光着脚穿上拖鞋，用一件睡衣把自己裹了起来。接着照了照镜子，发现脸色非常苍白，便随手涂了点儿口红。她在门口站了一会儿，鼓起勇气走了进去。

“你怎么有闲心从实验室里走开呢？”她说，“平常这个时间可不容易见到你。”

“你不坐吗？”

他没有看她，对她的挑衅还是一脸严肃。她倒是愿意坐下来，因为大腿有些不自主地发颤。不能再用挑衅的口气说话了，她只好沉默不语。他也坐下来，点上一支烟。他的目光在房间里四处游动，似乎难以开口。

突然间，他的目光直视着她。这段日子以来，他的眼神一直躲躲闪闪，在他的直视下，她感到十分惊悚，差一点儿就叫出声来。

“你听说过湄潭府这个地方吗？”他问，“最近报纸上有很多报道。”

她在惊讶中看着他。

“不是闹霍乱的地方吗？昨天晚上，阿布思诺特先生说过这事。”

“湄潭府发生了瘟疫，这么多年来，这是最严重的一次。那里有个传教士医生，三天前得霍乱去世了。那里有一座法国人的女修道院，还留有一个海关官员，其他的人都撤了。”

他的眼睛一直看着她，她的目光躲闪不开。她想从他的表情中看出些端倪来，但因为紧张，只发现他脸上有奇怪的警觉。他怎么能这样盯着人看，连眼睛都不眨呢？

“那些修女正在竭尽全力救护病人，她们已经把孤儿院改造成了医院，可是那里的人还是一样生病死去。我已提出申请，接手这一切。”

“你要去那儿？”

她突然开口说道。她的第一反应是：如果他走了，她就自由了，从此以后，跟查理幽会更加无拘无束。这个念头让她感到吃惊，不觉脸红起来。他为什么还那样看着她？她尴尬地低下头。

“这么做有必要吗？”她低声说。

“那地方需要医生。”

“可你不是医生，是细菌学家。”

“我是医学博士。在研究细菌学之前，曾在医院里做过很多医务工作。我是个细菌学家，对这次救护病人会更加有帮助。这对我的研究工作来说，也是难得的机会。”

他用近乎无法商量的口气跟她说话。她朝他瞥了一眼，却惊讶地发现，他的眼睛充满嘲弄，她感到不可理喻。

“这样做会很危险。”

“的确危险。”

他笑了，是种讥讽的怪笑。她用手支撑着前额。自杀，简直就是自杀，这太可怕了！她从来没有想过，他竟会用这种办法自寻死路，她不允许他这样做，真是太残酷了。就算她不爱他，这也不是他的错，她不想因为自己让他去寻死。无奈之下，眼泪从她的脸上流了下来。

“你哭了？”他的声音冷冰冰的。

“你是被迫才去的？”

“不，我是心甘情愿的。”

“请你不要去，好吗？”她哭着看向他，“要是你出了意外，那太可怕了。要是你死在那里可怎么办？”

他冷漠的脸上闪过一丝苦笑，他没有答话。

“那个地方在哪儿？”停顿片刻后，她问。

“你是说湄潭府？在西江的一条支流上。我们沿西江逆流而上，然后再换乘轿子。”

“我们是谁？”

“你和我。”

她飞快地瞥了他一眼，以为听错了。这会儿，他的笑意已经从眼睛传到了嘴角。

“你真想让我和你一起去？”

“我想你会愿意的。”

她的呼吸变得急促，一个寒战传遍全身。

“那里显然不适合女人。那个传教士医生几星期前就把他的老婆和孩子送走了。送阿司匹林的那个经理和他的太太也撤回香港，我在茶会上见过他太太。我记得她说过，他们为了躲避霍乱才离开了那个地方。”

“还有五个法国修女守在那里。”

她感到惊恐。

“我不知道你是什么意思，让我去那种地方，这种决定简直是发疯了。你知道我的身子有多柔弱。海华德医生说我必须躲开香港的闷热天气避避暑。那里的天气炎热，我怎能受得了？再说还有霍乱。去那儿只是自讨苦吃，我没有理由去，我会死的。”

他没有说话。她绝望地看着他，几乎要哭出来。他的脸变得如死灰一般，她被吓得不轻。难不成他真想要她去死吗？她对这个可怕的念头做出了反应。

“太荒唐了。如果你觉得应该去那儿，你自己去好了，这是你的事，别指望我跟你一起去。我讨厌疾病，再说那可是流行性的瘟疫。我可不想逞强，也没那个胆量，我要留在这儿，大不了我去日本。”

“我原以为，我要去做危险的远征，你会与我同行的。”

这是在公然讽刺她。她心中迷惑了，不清楚他说的究竟是真的还是只想吓唬吓唬她。

“那地方太危险，任何人都没有权利指责我拒绝去一个跟我没有关系、我也帮不上忙的危险之地。”

“你去了也能有大作用，你可以鼓励我、安慰我。”

她的脸色愈加苍白。

“我真不知道你在说什么。”

“我说的意思再明白不过了。”

“我不想去，瓦尔特，你却非让我去，这真是太荒唐了。”

“好吧，那我也不去，我立刻撤回我的申请。”

二十三

她茫然地看着他。他的话说得太突然，让她一下子摸不着头脑。

“你……想要说什么？”她闪烁其词地问。

她的话自己听起来都觉得心虚。瓦尔特露出不屑的神情。

“恐怕你一直都以为我是大傻瓜。”

她不知道说什么好。她拿不准是义愤填膺地证明自己的清白，还是恼羞成怒地指责他。他似乎看透了她的心思。

“我手里有足够的证据。”

她哭了，泪水夺眶而出，却感受不到痛苦。她没去擦眼泪，哭泣可以争取时间，能让她镇定下来，可她脑海里还是茫然一片。他毫无关切地看着她，他的冷漠让她感到害怕。他开始失去耐心。

“你也知道，哭解决不了问题。”

他的声音冰冷又生硬，激起了她的愤怒。她开始恢复理智。

“我不在乎。我想你也不会反对我们离婚的。对男人来说这也不算什么大事。”

“我能问问你，我为什么要为了顾及你而惹上麻烦？”

“离婚对你来说算不上什么大事。要求你表现得像个绅士也并不过分吧？”

“我最关心的是你能不能获得幸福。”

这时，她坐直身子，擦干了眼泪。

“你说这话是什么意思呢？”她问他。

“汤森只有成为通奸案的共同被告，而且这场有伤风化的官司迫使他妻子跟他离婚的情况下才能娶你。”

“我不知道你在说什么。”她恼怒地大叫道。

“你这个愚蠢的傻瓜。”

他的语气是那么轻蔑，她气得脸涨得通红。听惯了他平日里的甜言蜜语，那些令人愉快的话，原来以前都是他的百般屈从。

“想知道真相是吧？那我就说了。他早迫不及待地想跟我结婚。多萝西·汤森正巴不得跟他离婚。我俩一恢复自由就立刻结婚。”

“这话是他亲口跟你说的，还是你的想当然？”

瓦尔特的眼神闪动着连挖苦带嘲笑的光亮，这让凯蒂很不自在。她不太确定，查理是否真的跟她说过。

“这件事他说过无数遍了。”

“他在撒谎，你也知道这不是真的。”

“他真心实意爱我。他爱我充满激情，我也一样爱他。既然你都知道了，我也不想隐瞒。我为什么要隐瞒呢？我们已经相好一年了，我对此感到十分自豪。在这个世上，他是我的至爱。这事你终于知道了，我早烦透了偷偷摸摸。我嫁给你就是个错误，我从来没有爱过你，我们连一点儿相同的地方都没有，你喜欢的人我统统不喜欢，你感兴趣的事我觉得无聊透顶。感谢上帝，这一切终于结束了。”

他一动不动地看着她，脸上也没有任何表情。

“你知道我为什么要嫁给你吗？”

“你想抢在你妹妹结婚之前嫁人。”

这倒是事实，他竟然了解这一点，她感到既滑稽又惊讶。奇怪的是，她现在虽然又怕又气，一想到这件事，仍对他起了怜悯之心。

“我对你没有任何幻想。”他说，“我知道你愚蠢、轻浮、没有头脑，但是我爱你；我知道你庸俗、普通，但是我爱你；我知道你是二流货色，但是我爱你。无论你喜欢什么，因为你的喜欢，所以我竭力去喜欢。实际上我并非无知粗俗，我不爱散播丑闻，也不愚蠢。我知道你害怕有智慧的男人，所以很想让你觉得我就是一个木讷的大傻瓜。我知道你和我结婚只图一时利益，可是我爱你，所以不在乎。据我所知，一般的情况下，当我们爱上一个人，却没有得到对方的回报，就会伤心失望，继而委屈不平，我不是那样的人。我从来都没指望你会爱我，也没有任何理由让你爱我。我不觉得我有什么可爱之处，可是只要有机会爱你，我就感激不尽。一想到我能让你开心，让你眼里闪烁愉快的光芒，我就感到欣喜不已。我很爱你，我尽量不让我的爱来烦扰你，我知道我将承受不起，所以一直察言观色，生怕你心生腻烦。一个丈夫理应享有的权利，我却当成恩惠。”

凯蒂早已习惯了恭维奉承，还没听过这样的话，盲目的愤怒驱赶了恐惧，这愤怒让她窒息，她感到太阳穴青筋在膨胀、在跳动。虚荣心遭受打击能让一个女人变得比一头被夺去幼崽的母狮还具有报复性。凯蒂的下巴原本方正，现在极其难看地翘了起来，美丽的眼睛露出恶意，但仍控制着没有发作。

“丈夫不能让老婆爱他，那可怨不得别人，只能怪他自己无能。”

“那是当然。”

他的语气越发激怒了她。她心想，要保持镇定，才更能伤害他。

“我受过不太好的教育，也不聪明，只是个普通的女孩子。周围的人喜欢什么，我就喜欢什么。我喜欢跳舞、打网球、看戏，喜欢运动型的男人。我对你喜欢的东西一直厌烦，它们对我毫无意义，我也提不起兴趣。你拉着我在威尼斯那些画廊转个没完，我倒更喜欢在桑威治打高尔夫。”

“我知道。”

“很遗憾我没能成为你心目中的人。不幸的是，我一直在生理上对你排斥，这事你很难责怪我。”

“我不会。”

如果他勃然大怒，大声咆哮，凯蒂就能轻松掌控局面。她可以针锋相对，以暴制暴。可是他一直保持克制，真是见鬼，她比以往任何时候都更恨他。

“你根本不是个男人。你知道我和查理在卧室，为什么不破门而入？至少应该揍他一顿，难道你害怕了？”

说到这儿时，她脸红起来，感到羞惭。他没回应，但是从他的眼神里，她看出了冰冷的鄙夷之色，他的嘴角闪过一丝笑意。

“也许我就像某个历史人物，天性高傲，不屑于动粗。”

凯蒂想不出怎么回应，只好耸了耸肩。有那么一会儿，他凝目审视着她。

“我想该说的话我都说了。如果你不愿意去湄潭府，那我就撤回申请。”

“那你为什么不同意离婚呢？”

他把目光从她身上移开，仰身靠在椅背上，点上一支烟。这支烟吸完也没再说话。他扔掉烟头，微微一笑，目光又回到她身上。

“如果汤森太太保证她愿意跟丈夫离婚；汤森给我一份承诺书，保证在两份判决生效的一个星期内娶你，我就和你离婚。”

瓦尔特的话让她感到不安，出于自尊，她接受了他的条件。

“你真是慷慨大度，瓦尔特。”

让她吃惊的是，他突然大笑起来，她气得红了脸。

“你笑什么？有什么好笑的。”

“见谅。我的幽默感太古怪了。”

她皱紧眉头，本想说点儿尖酸刻薄的话，想想又算了。瓦尔特看了看手表。

“如果你想在下班前找到汤森，最好抓紧时间。要是你决定跟我去湄潭府，那么务必在后天启程。”

“你想叫我今天就跟他说？”

“做事要趁早。”

她的心跳又开始加快。她有种感觉，不是不安，她倒希望时间能充裕些，好让查理做好思想准备。她对查理有充分的信心。他爱她，就像她爱他一样，他不会不接受他们需要面对的考验。她神情严肃地看着瓦尔特。

“你根本不知道什么叫爱情。你不会了解我和查理的爱是多么义无反顾，为了爱任何牺牲都算不得什么。”

他朝她微微躬了下身子，什么也没说。目送她走出房间。

二十四

她先写了一张便条：“速来见我，事急。”一个华人男仆让她稍等片刻，随后带来了回复：五分钟后，汤森先生来见她。她莫名其妙地感到紧张起来。当终于被领进办公室时，查理上前来同她握手。男仆关门离开后，查理放下礼节性的伪装。

“我说亲爱的，你怎么能在我工作时间到这儿来？我有很多事要做，况且我们也不能让人抓住把柄。”

她用那双美丽的眼睛深情地看着他，想尽力冲他笑，但嘴唇僵硬，根本笑不出来。

“要不是有急事，我也不会来找你。”

他笑了一下，拉住她的手臂。

“既然都来了，那就坐下说吧。”

这间办公室狭小，天顶很高，墙壁被刷成了两种不同的赤褐色。仅有一张大写字桌、一把汤森坐的转椅，还有一把客人坐的皮质沙发椅。凯蒂紧张地坐在扶手椅上，查理坐回写字桌旁。她以前从未见过他戴眼镜，这是她头一次见他戴眼镜。查理注意到她盯着眼镜看，于是便摘了下来。

“我在看书的时候才戴。”他解释道。

她的眼泪这时候才流下来，她不是有意识地哭，也不是装哭，而是出于女人的欲望，希望能博得他的同情。他冷静地看着她。

“出什么事了？唉，亲爱的，你先别哭。”

她掏出手绢，试图止住抽泣。他摁了下铃，等男仆来到门口时，他走了过去。

“如果有人找我，就说我出去了。”

“好的，先生。”

男仆关上门。查理坐到凯蒂身旁的扶手上，搂着她的肩膀。

“好了，亲爱的凯蒂，告诉我出了什么事。”

“瓦尔特想要离婚。”她说。

她感觉搂在肩头的手臂一松，他的身体僵住了。沉默片刻后，汤森站起身，又坐回到自己的椅子里去。

“你是什么意思？”他问。

他说话的声音沙哑。她迅速看了他一眼，发现他脸色暗沉发红。

“我和他刚谈过就直接过来找你。他说掌握了想要的证据。”

“你没把自己供出去，对吧？你什么都没承认对吧？”

她的心沉了下去。

“没有说。”她回答道。

“你确定？”他又警觉地问道。

“确定。”她又撒了谎。

他靠在椅背上，茫然地对着墙壁上挂着的中国地图。她不安地看着他，他的反应让她六神无主。她期待他能抱着自己，然后说，谢天谢地，从今以后可以永远在一起了。但男人都是古怪难猜。她轻声哭泣着，这次不是为了博得同情，眼下只有哭才是再自然不过的事。

“这下是真出大乱子了，”他终于开口，“但我们要冷静，不能失去理智，你要明白哭也毫无用处。”

她察觉到他的声音里有些恼火，便抹了抹眼泪。

“这怪不得我，查理，我也是没办法。”

“你当然没办法，都怪我们运气不好。这事不能只怪你，我也有责任。现在能做的是该如何摆脱麻烦。我想你和我一样，都不想离婚。”

她差点儿没晕过去，她明白了他压根儿就没替她着想。

“不知道他到底拿到了什么证据，也不知道他怎么能证明我们当时都在卧室，我们一直都非常小心。古董店的那个老家伙不会出卖我们的，就算他亲眼看见我们去那儿，也没有理由说我们不该在一起淘弄古董。”

与其说他在对她说话，倒不如说他在自言自语。

“他不可能提出指控，因为没那么容易拿出证据。律师都会这么说，我们的底线就是死不认账。如果他要威胁我们，就见他的鬼，我们奉陪到底。”

“我可不想去法庭，查理。”

“为什么呀？不上也得上。上帝知道，我也不想去那儿斗嘴，可也不能束手就擒吧？”

“我们为什么非得否认？”

“你也能问出这样的话？这不光关系到你，也牵涉到我。你不必担惊受怕，要想法儿把你丈夫给摆平。我会尽快找到最妥当的办法。”

他似乎突然有了好主意，带着迷人的微笑朝她看。刚才说话还是生硬的语气，显得一本正经，这会儿却有意讨好她。

“你肯定心烦得要命，可怜的小宝贝，这事的确糟透了。”他握住她的手，“我们惹上了麻烦，但应该能摆脱掉。这不是……”他停住话头。凯蒂怀疑他想说这不是他第一次摆脱麻烦了。“最重要的是要临危不乱，你也知道我永远不会让你失望。”

“我才不怕呢！不管他做什么我都不在乎。”

他保持着微笑，可是那笑容有点儿勉强。

“事情真要闹大，我就直接去找总督大人。他会把我训斥一顿，但他是个大好人，又通世故，他会平息这件事，出了丑闻，对他也没有好处。”

“总督大人能怎么做？”凯蒂问。

“可以施压，如果不能利用他的野心加以笼络，就拿他的责任感压服他。”

凯蒂有些沮丧。查理好像没看清事情的严重性，可他轻描淡写的态度让她烦躁不安。她真后悔来办公室找他，这里的环境让她胆怯。要是能搂着他的脖子，待在他的怀中，她就能把想说的全都说出来。

“你不了解瓦尔特。”她说。

“我知道每个人都在想着自身的利益。”

她全心爱着查理，但他的回答却让她大失所望。挺聪明的人不该说出这么蠢的话来。

“我觉得你还没意识到瓦尔特有多愤怒，你是没见识过他那张脸，还有他的眼神。”

他没有回答，而是微笑地看着她。她知道他在想什么，瓦尔特是细菌学家，地位不高，不会给政府高级官员找麻烦。

“自欺欺人是不管用的，”她认真地说，“如果瓦尔特打定主意起诉，不管别人说什么，都不会对他产生影响。”

他的脸色又一次变得阴沉。

“他是想让我成为通奸指控的共同被告？”

“起初是这样。后来我设法让他同意离婚。”

“呵，好，看来情况不是太糟。”他的神情又一次放松起来，她见他眼里的紧张舒缓下来，“这对我来说反倒是脱身的好办法。毕竟这是男人能做的最低限度的事，唯有如此，才不失体面。”

“不过，他有条件。”

他诧异的目光看向她，若有所思。

“我算不上有钱，但我会尽力满足他的条件。”

凯蒂沉默了。查理说出来的话是她没料到的，这些话让她无法开口。她希望能被他深情的手臂抱住，再把她发烫的脸贴在他的胸膛上，然后不假思索一口气道出该说的话。

“他离婚的条件是，只要你太太向他保证跟你离婚，他就同意跟我离婚。”

“还有别的吗？”

凯蒂发现这话不好讲。

“还有——真是太难以启齿了，查理，他的条件很难办——如果你保证在判决书生效的一个星期内跟我结婚。”

二十五

他沉默了一会儿。随后拉起她的手，轻轻揉搓着。

“亲爱的，”他说，“无论发生什么事，我们都不要把多萝西卷进来。”

她呆呆地看着他。

“我不明白，这怎么能做到呢？”

“不管怎么说，我们不能只考虑自己。你也知道，我最愿意娶的人是你，可现在已经做不到。我了解多萝西，她是死活都不会跟我离婚的。”

凯蒂被吓坏了，又哭了起来，他只好站起身，搂住她的腰，在她身旁坐下。

“别折磨自己了，亲爱的，我们必须头脑冷静。”

“我原以为你很爱我……”

“我当然爱你，”他温柔地说，“这一点你永远不要怀疑。”

“如果她不跟你离婚，瓦尔特会让你成为共同被告。”

过了好一阵子他才开口，语气干巴巴的。

“这会毁了我的事业，恐怕对你也没有好处。如果事情闹到不可收拾的地步，我就向多萝西坦白实情。她一定会很痛苦，但会原谅我。”说着他打定了主意，“说不定这是件好事，要是她去找你丈夫，肯定能说服他要保持沉默。”

“这么说，你是不想跟她离婚？”

“我得替我的孩子们着想，当然，我也不想让多萝西感到伤心。我们在一起很融洽，她是位非常体贴的妻子。”

“那你何必跟我说她不值一提？”

“我可没这么说过，我只不过说我不爱她。我们很多年没睡在一起，只有偶尔几次，比如说圣诞节，或是她回国前，或是来香港。她对那种事早就不感兴趣了，但我们一直都是很好的朋友。我不妨告诉你，我很依赖她，这超乎任何人的想象。”

“那你为什么还要找我？”

她很奇怪，虽然听得透不过气来，但自己仍然镇定地说出话来。

“你是我见过的最可爱的小美人。我疯狂地爱上了你，这不能怪我。”

“你说过，你永远都不会让我失望。”

“哦，上帝，我没打算让你失望，可是我们惹上了大麻烦。我在竭尽全力帮你摆脱麻烦。”

“除了那件不难解决的事之外。”

他站了起来，回到自己的椅子上。

“亲爱的，你最好理智，我们最好坦然面对现在的情况。我不想伤害你的感情，但必须跟你说实话。我非常喜欢我的工作，说不定哪天，我会当上总督。当上‘港英政府’的总督，这绝对是份该死的美差。如果我们把这事说出去，我就连一点儿机会都没有了。我不会因此丢掉工作，但我的档案里会永远留下这个污点。如果我真的被迫辞职，只能留在中国做生意。无论走哪条路，多萝西都得留在我身边。”

“那你何必对我说这个世上除了我，你什么都不想要？”

他的嘴角愤怒地耷拉下来。

“亲爱的，男人对你说的那些情话不要太当真。”

“难道你是虚情假意？”

“当时是真的。”

“如果瓦尔特起诉离婚，那我该怎么办呢？”

“如果没有充足的理由，我们当然不需要应诉，应该不会闹得尽人皆知。人们对这档子事也看开了。”

凯蒂第一次想到了母亲，她浑身哆嗦起来。再次朝汤森看去，此时除了痛苦还有怨恨。

“我相信让你来承担我要遇到的麻烦，你不会有什么困难。”她说。

“我们就不要互相刺激了，这样只会把事情闹得越来越僵。”他回应道。

她悲恸欲绝地哭起来。这太痛苦了，她深深地爱着他，而他又让她如此痛苦。他不可能明白他对她是有多么重要！

“查理，你不知道我有多么爱你吗？”

“别这样亲爱的，我也爱你，但我们并不是生活在荒岛上，我们得应付发生在我们身上的各种事。你得理智一些。”

“我怎么能理智？对我来说，爱情就是一切，你就是我的全部。可是对你来说，我们的感情只是你生活中的一段小插曲。”

“那当然不是插曲。你要明白，你让我跟多萝西离婚，然后娶你，这会毁了我的前途。你的要求也太过分了。”

“跟我愿意为你做的事情相比，并不多。”

“我们的处境不同。”

“唯一不同的是你不爱我。”

“一个男人爱一个女人，未必会跟她厮守在一起。”

她绝望地看了他一眼，大颗的泪珠顺着脸颊滚落下来。

“太残忍了，你怎么能这样无情？”

她歇斯底里地哭泣着，他不安地朝门口看看。

“亲爱的，不要这样。”

“你根本不知道我有多爱你，”她啜泣着说，“没有你我都不想活了，你一点儿都不同情我。”

她再也说不下去了，眼泪汹涌而出。

“我不想刻薄无情，上帝知道我无意伤害你的感情，但是我必须告诉你实情。”

“你把我的生活全毁了。你当初为什么要找我？我哪里得罪了你？”

“好吧，如果这样说你能好受一点儿，那就随便吧。”

凯蒂听了立时勃然大怒。

“那是我主动向你投怀送抱了？是我死乞白赖，你不答应我就让你不得安生？”

“我可没说过。但是，你不发出明确的信号，我肯定不会找你上床的。”

啊，真丢人哪！他说的都是大实话。现在他阴沉着脸，两手不安地搓着，时不时厌烦地朝她瞥上一眼。

“你丈夫不能原谅你吗？”沉默了一会儿他问。

“我从不求他。”

他本能地攥起拳头。她看见他尽力压制自己的恼怒。

“你为什么不去找他，求他宽恕呢？如果真像你说得那样，他肯定会原谅你的。”

“你太不了解他！”

二十六

她擦干眼泪，让自己镇定下来。

“查理，如果你不要我，我会死的。”

现在没别的办法，只能求他可怜。从一开始，她就应该把心中的苦衷告诉他。当他知道摆在她面前的选择是多么可怕的时候，就会激发出男人的气概，他会不顾一切帮助她脱离危险。唉，她多么渴望他能伸出强有力的双臂，紧紧地拥抱自己！

“瓦尔特想让我跟他一起去湄潭府。”

“呃？不是在闹霍乱吗？这五十年来最严重的一场瘟疫。那可不是女人家该去的地方，你不能去。”

“如果你不要我，我就得去。”

“你什么意思？我不明白。”

“那里的传教士医生死了，瓦尔特要去接替他，我们一起走。”

“什么时候走？”

“现在！马上！”

汤森站起来，向后推了推椅子，然后用困惑的眼神看着她。

“也许我很笨，我一点儿没搞清楚。如果他非让你跟他去，那么离婚又从何谈起？”

“他让我做出选择，要么他起诉离婚，要么我跟他去湄潭府。”

“哦，原来如此，”汤森的语气有了微妙的变化，“他这样做真是让人敬佩。”

“敬佩？”

“去那里是要冒险的。这种事我连想都不敢想呢。当然他回来后，肯定能获得圣乔治十字勋章。”

“可我呢，查理？”她哭着叫喊。

“在这种情况下，他非要你去，我想不出你有什么理由拒绝。”

“去那儿就是送死，必死无疑呀！”

“你也太夸张了，如果真是这样，他是不可能带你去的，你面临的危险不会比他大。要是加点儿小心，是不会有危险的。我来这里之后也闹过霍乱，不也完好无损。关键是别吃任何没煮过的东西，包括水果、沙拉，喝的水一定要烧开。”他越说越来劲儿，脸色也不那么难看甚至健谈起来，“毕竟那是他的工作，对吧，他对那些病菌感兴趣。你也为他想想，这对他来说是个好机会。”

“可是我呢，查理？”她又说了一遍，这次没有痛苦，而是惊愕。

“要想理解一个男人，最好站在他的立场看问题。从他的角度来看，你是个相当没规矩的心肝宝贝，可他还在设法保护你，他压根儿就不想跟你离婚，在我看来，他也不是那种人。他做了一个慷慨的决定，你却想拒绝，这样会让他气愤的。我不想指责你，但为了大家好，我希望你考虑考虑。”

“我去了就会没命，难道你看不出来，他之所以带我去那儿，就是知道我去了就会死。”

“亲爱的，别说这种话，我们现在的处境十分麻烦，不是说胡话的时候。”

“你是铁了心不想管我！”哦，她的心口该有多痛，她有多害怕，她都想大叫出来，“看到我送死你都无动于衷吗？如果你不爱我，也不可怜我，最起码该有正常人的感情吧。”

“你这样说我会很难堪。你丈夫已经很大度了，如果你同意的话，他肯定会原谅你，他想带你走，现在机会来了，去那里待上几个月，你就不会受到伤害。湄潭府不是疗养胜地，我不否认。但是你不要大惊小怪，瘟疫流行的地方，死于恐惧的人跟被传染的人一样多。”

“可我就是害怕，瓦尔特刚一提这事的时候，我差点儿吓晕了。”

“我完全相信。这事谁听了都会震惊，但是你冷静地想一想，一切都会没事的。这样的人生经历，不是每个人都能碰到的。”

“我以为，我以为……”

她在痛苦中举棋不定。他不说话，沉着脸，直到现在她才明白那张脸为何阴沉。这样的神态她以前从未见过。凯蒂收住了哭声，擦干眼泪，镇定下来，尽管声音很低，却相当清晰。

“你真忍心让我去？”

“没有选择的余地，不是吗？”

“你说呢？”

“要是你丈夫提起离婚诉讼，即使赢了官司，我也不会跟你结婚。”

她慢慢地站了起来，过了许久才说话。

“我丈夫根本不会闹到法庭。”

“上帝呀，你怎么能这样卖关子？”他大声说道。

她冷冷地望着他。

“因为他知道你会弃我于不顾！”

她隐隐约约悟到了什么，就好像人们在阅读外语书时，起初什么都看不懂，后来看到某个单词或某个句子深受启发，它的含义像闪电一样，划过困惑不堪的大脑。她隐隐约约悟出了瓦尔特的阴谋，就像一道闪电照亮了黑夜，马上又恢复黑暗，她被自己的感悟吓得浑身发抖。

“他发出威胁，是因为他知道这样能把你击垮，查理。说来真怪，他看你看得那么准。他想让我看清残酷的真相，让我的幻想在现实面前破灭，这确实是他的高明之处。”

查理低头看着桌上的吸墨纸，眉头微皱，绷着嘴，没有说话。

“他知道你爱慕虚荣，胆小懦弱，只顾自己，他想让我看到你面对危险跑得像兔子一样快；他知道我深受蒙骗才会爱上你，因为他知道你不会爱上任何人。他知道你会牺牲我，好让自己完好无损地逃脱。”

“这么难听的话你说着心里舒服，我也没权指责。女人说话没有公正可言，总喜欢把责任推给男人，事实上不能只怪一方。”

她对他的插话未加理会。

“现在他知道的我也知道了，我知道你冷酷无情，我知道你自私自利，自私得无法形容；我知道你连杀兔子的勇气都没有，我知道你是个骗子，我知道你是卑鄙小人，但悲哀的是……”她的脸痛苦地扭曲着，“悲哀的是，我是那么爱你。”

“凯蒂。”

她苦涩地笑了一下。他喊她的名字声音还是那么动听，但无任何意义。

“你这个骗子！”她骂道。

他坐在椅子上本能地向后动了动，脸色难看，他搞不懂眼前这个女人还会做出什么。她看了他一眼，眼里掠过一丝快意。

“你开始讨厌我了，是不是？那就讨厌吧。我现在已经无所谓了。”她边说边戴上手套。

“你打算怎么做？”他忙问。

“别担心，不会伤害到你。你会安然无恙的。”

“看在上帝的分儿上，别这么说，凯蒂。”他回应道，声音里透出忧虑，“你的事情关联到我。我想知道你要做什么，打算怎么跟你丈夫说。”

“我要告诉他，我跟他去湄潭府。”

“也许你真同意去他反倒不会再坚持了。”

他不知道，她为什么用异样的目光看着他。

“你不害怕了吗？”他问。

“是的，”她说，“是你激发了我的勇气，有机会去霍乱肆虐的地方，这个经历实在是太独特了！要是我死了……那就死吧。”

“我已经尽力了。”

她看着他，眼泪又夺眶而出，心中千头万绪。她想扑进他的怀中，再次深情地吻他，可眼下已于事无补了。

“要是你想知道，不妨告诉你，”她稳定住情绪，“我是带着恐惧走的，我是抱着必死的决心走的。我不知道瓦尔特打着什么鬼主意，我的确是害怕，只有死亡才能解脱！”

她觉得自己快撑不下去了，于是快速朝门口走去。汤森还没有来得及起身相送，她就冲出了办公室。

汤森长长地舒了一口气，很想喝上一杯白兰地加苏打水。

二十七

她回到家时，瓦尔特也在家。她想直接回到房间，但他就在楼下门厅里向男仆吩咐着什么。她伤心欲绝，不再害怕任何羞辱，她走过去面对着瓦尔特。

“我跟你去湄潭府。”她说。

“呃，好的。”

“你什么时候出发？”

“明天晚上。”

他冷漠的语调犹如尖刀刺中她的心。她在一瞬间陡然变得无所谓起来，连自己也吓了一跳。

“看来我只需带上几件夏天的衣服，外加一块裹尸布就够了。”

他被她的刻薄话激怒了。

“你需要带的东西我已经吩咐女佣准备好了。”

她点了点头，非常虚弱地上楼回到卧室。

二十八

他们终于要到目的地了。他们坐着轿子，日复一日地沿着田间狭窄的田埂前行，道路两旁是一望无际的稻田。他们一大早就动身，整个白天都在赶路。酷暑难耐时，就在路边客栈歇息片刻，随后继续赶路，一直抵达预先安排过夜的小镇。凯蒂的轿子在前头，瓦尔特的轿子紧跟其后，他们身后是一队稀稀拉拉的苦力。他们挑着被褥、物品和医疗设备。凯蒂对途经的景色视而不见，枯燥的旅途中，只有轿夫偶尔说句话，或哼唱些断断续续的乡野小调，她却反反复复回忆着查理办公室那心痛的一幕，她痛苦地回忆每一个细节，他是怎么对她说的，她又是怎么回答的，她绝望地发现，他们的谈话是何等乏味，何等无情。她没有说出想说的话，也没有用上她想用的语气。要是查理能明白她的爱、她无助的困境，绝不会那么冷漠无情，听任命运的摆布。一切都让她始料不及。他竟然说——虽没明说，但意思再明白不过——他根本不在乎她，她简直不敢相信自己的耳朵。她被气得头昏脑胀，就因为这个，都没来得及哭上一场。后来才忍不住哭了，哭得悲恸欲绝。

晚上住进客栈，凯蒂跟丈夫住同一间上等客房。瓦尔特躺在行军床上，隔了几英尺远的距离，她知道他压根儿就没睡。她咬住枕头，忍住悲伤，不发出一点儿声音。可到了白天，轿子有布帘遮挡，她可以自由发泄。痛苦来得如此强烈，她真想撕心裂肺地大喊出来。她还从来没想过人能经受这样大的磨难，她不知道自己做错了什么才会遭受如此的痛苦。她弄不明白查理为什么会不爱他，虽说错在自己，可她所做的一切也是想讨得他的欢心。他们相处融洽时会开怀大笑；他们是情投意合的情人，也是不可多得的良朋益友。这一切让她无法理解，她彻底绝望了。她恨他，鄙视他，但从此以后再也见不到他了，她都不知道该怎么活下去。如果瓦尔特带她到湄潭府的目的是要惩罚她，那么他真的失算了，她还在乎以后吗？她已经失去活下去的意义，二十七岁就了结此生确实有些残酷！

二十九

他们乘上开往西江的汽船。瓦尔特一路上都在看书，只有吃饭时才和她聊上几句，不过都是些无关紧要的事，仿佛她只是同行中的陌生人。凯蒂心想这不过是出于礼貌，或者是强调他们之间隔着鸿沟。

她回想起她顿悟瓦尔特阴谋的那一刻，就是想让她亲眼看看查理是多么冷漠薄情、胆小懦弱、自私自利的人。瓦尔特玩的这一手倒是跟他爱挖苦人的秉性相一致。他早料到结果，她还没有到家，他就吩咐女佣把行李准备好。从他的眼神里，她看到了一种鄙视，既有对她的鄙视，也有对她情人的鄙视。或许他还想过，如果他是查理·汤森的话，在这个世界上，没有什么能够阻止他为了满足她哪怕一丁点儿奇异的想法所做出的牺牲。她知道瓦尔特的确能做到。可是话说回来，她已看清了查理的本色，可他为什么还要带她去这危险之地，让她担惊受怕？她原以为他只是说说，闹着玩而已，直到他们真正启程，不，还要晚些，直到他们离开江边，换乘轿子穿越乡间，她还期待着他能笑着跟她说，你不需要去了。她不明白他是怎么想的，他不会真想让她去送死吧？他曾是那么痴情地爱着她。现在她懂得什么是真爱了，想起他无数次向她示爱的举动，借用一句法国谚语来说：无论天气好坏，他都痴情不改！他不可能不再爱她。难道受过无情的伤害，你就不再爱了吗？她让瓦尔特深受伤害，远不如查理对她的伤害大。现在她看清了查理的本性，但只要他发出爱的召唤，她仍将抛弃一切，义无反顾地投入他的怀中。尽管查理辜负了她，她还是爱他！

起初她觉得瓦尔特迟早会原谅她，但她过于自信了，他的爱已一去不复返。大水是浇不灭爱情之火的，如果他爱她迟早会心软，可现在她没这个把握。傍晚时分瓦尔特坐在檀木椅上看书，马灯的光线照亮他的脸，让她得以自如地打量他。她躺在临时铺的草垫子上，人在阴影中，正好对着瓦尔特。这张严肃的脸很难在某一时刻被甜蜜的微笑所改变。他气定神闲地看书，完全没注意到她，他的眼睛在字里行间有规律地移动，完全没看到她在看他。餐桌摆好后，晚饭端了上来，瓦尔特把书放下，朝她看了一眼（他没意识到他的表情在灯光的映照下那么醒目）。从他的眼睛里，她看到了厌恶的神色，没错，这眼神让她大吃一惊，他彻底不爱她了？这可能吗？他要设计害死她，这是真的吗？这一切来得太荒唐了。若真如此，他简直就是个疯子。想到这儿，她打了个冷战。

三十

一直沉默的轿夫突然开口了，其中一个转过身，说了几句她听不懂的话，又伸手指了指远处，她顺势看去，只见对面小山上矗立着一道拱门，现在她知道那是在颂扬某个学者或贞洁的寡妇，自从他们离开西江上岸后遇到不少这样的建筑。这座拱门胜过她所见过的任何一座，在落日余晖的映照下，看上去格外奇丽壮观。不知道为什么，她感到不安，总觉得这座牌坊的含义有种特殊的暗示，使她隐约感到挖苦、讽刺。轿子正在经过一片竹林，一根根竹子朝田埂弯下来，仿佛要把她留住似的。夏日无风，竹叶却在微微颤动，让她觉得竹林里有人在窥视着她。现在他们来到山脚下，稻田开始退去，轿夫们大步流星上山。山坡上布满了绿色的小土堆，一个个紧密地挨着，恍如退潮后形成的垄状的东西。她知道这些小土堆是做什么用的。每次经过人口密集的城镇，她都能见到这样的小土堆，那是坟地。这会儿她突然知道，轿夫们为何要让她看小山上的拱门：他们终于到达了旅途的终点！

他们穿过拱门，轿夫们稍事停顿，将轿杆从一侧肩膀换到另一侧，一个轿夫还用一块肮脏的破布擦了擦汗水。山路开始蜿蜒向下，道路两旁是破败不堪的房屋。天渐渐黑下来，轿夫们骤然发出一阵喧哗声，猛地向一旁躲闪，将轿子紧贴到墙根，她的身子也跟着晃了一下。她不知道轿夫们为何惊慌失色。他们立在墙根旁开始议论个不停，这时四个农民快速又安静地从他们身旁走过去，抬着一口簇新的棺材，没有上漆，新鲜的板材在暮色渐浓的傍晚闪着白光。凯蒂的心被吓得顶着肋骨怦怦乱跳。棺材抬过去了，但轿夫们仍然待在原地，好像拿不出继续往前走的勇气，直到后面有人喊了一声，这才挪动步子，却没有人说话了。

他们又走了几分钟，拐进一扇敞开的院门。轿子被放下来，她已经到达目的地！

三十一

这是一座平房。她走进客厅，坐下来。苦力们挑着行李也进了院子。瓦尔特吩咐他们把东西逐个摆放好。疲惫的她突然听到一个陌生的声音，猛地一惊。

“我可以进来吗？”

她脸一红，随即又变得苍白。她有些神经紧张，见到陌生人让她一时慌了手脚。一个男人从暗处走出来，低矮狭长的房间里，只有一盏昏暗的油灯。他向她伸出手。

“我叫维丁顿，是这儿的副海关长。”

“哦，海关总署的，我知道。我听说过你在这儿。”

借着昏暗的灯光，她看见这个男人小个子，很瘦，个头不比她高，秃头，脸小小的，胡子刮得很干净。

“我就住在山脚下，不过你们走的这条路，不经过我的房子。我想你们肯定累坏了，去不了我那里用餐。我在这儿给你们备了晚饭，我也不请自来了。”

“很高兴你能这么做。”

“厨师的手艺可不赖呀。我把沃森的仆人留给你们。”

“沃森就是那位传教士吧？”

“是的，那家伙人很好。如果你愿意的话，明天带你去看看他的墓地。”

“你心肠真好。”凯蒂笑着说道。

瓦尔特这时走了进来。维丁顿进屋前，已经跟他认识了。他对瓦尔特说：

“我正跟你太太说，我要和你们一起吃晚饭。沃森去世后，我连说话的人都没有，只能去找那些法国修女，可是我的法语说得又不怎么样。跟那些修女聊天，能聊的话题就那么几个。”

“我让男仆拿一些酒水过来。”瓦尔特说。

仆人送来了威士忌和苏打水。凯蒂看到维丁顿很放松地自顾自喝起来。从他说话的态度和动不动就嘿嘿笑的样子，凯蒂断定他们进屋之前他已有三分醉意。

“能喝到这东西真是幸运，”他边说边转向瓦尔特，“这儿有一大堆麻烦事等着你，这儿的人成批死去，当官的都急疯了。掌管部队的虞上校为了防止手下抢百姓的东西，可是费了不少力气。要是再不采取措施，咱们也会丢掉性命。我劝那些修女赶紧走，她们就是不肯。她们想当殉道者，真是活见鬼。”

他说话的口气很轻松，声音里飘忽着动人的幽默，让人愉快地听下去。

“那你为什么不走呢？”瓦尔特问。

“唉，我手下已经损失了一半，剩下的人也快不行了，随时都有可能丧命。总得有人留下来维持局面吧。”

“你打过疫苗吗？”

“打过，沃森帮我打的。”他转向凯蒂，那张有趣的小脸快活地泛起皱纹，“只要你采取必要的预防措施，不会有多大危险。把牛奶和水都煮沸，不要吃新鲜的水果，不要生吃蔬菜。你们带唱片来了吗？”

“没有，我们没带。”凯蒂说。

“太遗憾了，我还希望你们能带来呢。很长时间没听新唱片了，我的那些老唱片都听腻了。”

童仆进来问他们是否用餐。

“今晚你们不用换晚装，”维丁顿说，“我的仆人上个星期死了，现在这个仆人笨手笨脚的。今天晚上我也没换正装。”

“我去摘了帽子。”凯蒂说。

她的卧室就在这间客厅的隔壁，里头几乎没有什么家具。一盏灯旁，一个女佣跪在地板上，正在整理凯蒂的行李。

三十二

餐厅很小，餐桌就占去一多半的空间。墙上挂着《圣经》里面的版画和相应的文字。

“传教士的餐桌都很大，”维丁顿解释道，“他们每多一个孩子，就会多拿些年薪，所以结婚时就先买好大餐桌，有足够的空间去等小家伙们一个一个出生。”

天花板上吊着一盏煤油灯。借着灯光，凯蒂更加清楚地看到了维丁顿的长相。他的秃顶骗了她，实际上他还不到四十。他的额头又高又圆，显得脸很小，皮肤红润，没有皱纹，这张脸丑得很像猴脸，虽然丑了点儿，也并非没有魅力，而是十分有趣。他鼻子和嘴巴比小孩子的脸大不了多少，一对蓝色的小眼睛，眉毛清秀疏朗。整张脸看上去像个滑稽的老男孩儿。他自斟自饮，晚餐尚未结束，他早醉得不清醒了。就算他喝得大醉也不让人厌烦，活像森林之神偷走牧羊人的酒囊一样喜悦快活。

他说起香港，说起香港的那些朋友，打听他们的近况。一年前他还去香港赛马会上赌过一把，又说起参加比赛的那些马和它们的主人。

“顺便问问，汤森怎么样了？”他突然问道，“他快要当上总督了吧？”

凯蒂感到脸红，但瓦尔特并没有看她。

“我想应该没有问题。”瓦尔特回答道。

“他是那种专心仕途的人。”

“你了解他吗？”瓦尔特问。

“是的，我对他非常了解。我们曾结伴旅行过。”

这时河对岸突然传来锣鼓声和噼里啪啦的鞭炮声，近在眼前的这座城市，正处于惶恐之中，突如其来的死亡，在迂回曲折的街道上肆虐横行。但维丁顿又开始说起伦敦，说起伦敦的各家剧院，他知道眼下正在上演的所有剧目；说起上次回国休假时看了哪些戏；说起低俗戏剧里的幽默情节时他开怀大笑；说起音乐喜剧主角的美貌时，又不住叹息。他兴高采烈地吹嘘说，他的表弟娶了一个其中最有名气的女明星。他与他们共进过午餐，女明星还送他一张签名照。等下次请他们去海关用餐时，一定让他们看看。

瓦尔特注视着他的客人，显然被他的谈话逗得挺开心，但凯蒂清楚，他对这样的话题毫不关心。一丝淡淡的笑容停在他的嘴角上，令凯蒂莫名地惧怕。待在已故传教士的房子里，对面是瘟疫肆虐的城市，他们似乎距离整个世界很遥远，三个孤独的人，彼此间是那么陌生。

晚餐结束后，她从餐桌旁站起身。

“如果不介意，我想说晚安了，我先去休息。”

“我也该走了，我想医生也要去睡觉了，”维丁顿告诉瓦尔特，“我们明天一早就要出发。”

他跟他们握别时，站得还算稳当，小眼睛比之前更亮了。

“我明早过来接你，”他对瓦尔特说，“带你去见地方官和虞上校，然后再去修道院。说真的，好多事情够你忙活的了。”

三十三

晚上她怪梦不断。恍恍惚惚还坐在轿子里，轿夫们大步流星迈着不太整齐的步伐，颠簸的轿子一路摇晃着。她梦见自己走进这座大而黑暗的城市。人群挤在她周围，人们用好奇的目光打量着她。狭窄曲折的街道，店铺里摆满了奇怪的物品。她从街上走过，路上的行人、车辆停下来，买卖东西的也都停下来看着她。她来到那道拱门跟前，它与众不同的轮廓奇迹般地动了起来，突然变成了大怪物，就像印度神灵正在挥舞着手臂。她从拱门下穿过时，却听到一阵嘲笑声。随后看到查理·汤森向她走来，伸出双手将她从轿子里抱出来，告诉她这一切都是一场误会，过去那么对她不是他的本意，因为他很爱她，没有她他就活不下去。她能感受到他不停地吻她，她激动得泪流满面，问他为什么那么残忍，心里却想着这都不重要了。突然传来一声沙哑的吆喝，把他俩分开，几个身穿蓝色布衫的苦力匆忙而又无声地走过去，他们的肩上抬着的是一口棺材。

她猛地从梦中惊醒。

他们住在半山腰上。从窗口能看见山脚下那条不宽的河流，还有对面的城市。天色刚刚破晓，河面上升起一层雾气，像裹尸布一样将船舶裹住。船都下了锚，一个挨着一个，就像一粒粒豌豆。船有数百条，在晨光中一动不动，显得神秘莫测。似乎它们不是安然入睡的，而是被施了魔法才变得如此静默，船夫们也像中了魔，还酣睡在船舱里。

黎明破晓，曙光照亮了晨雾，散发出白色的光芒，雾霭发出了耀眼的白光，犹如晶莹的白雪，又仿佛一闪即逝的流星。河面上雾气稀薄，能隐约分辨出拥堵的帆船和密林一样的桅杆。再往远看是一道亮晃晃的眼睛无法穿透的雾墙。突然，从那白色云雾中赫然出现一座雄伟的城堡，它巨大而庄严，似乎是被昭示万物的阳光所显现，更像是被一根魔法棒点化凭空而出。这困苦、野蛮部族的据点巍然耸立，与之遥遥相望，还没来得及感叹，创造它的魔术师又出手迅捷，在堡垒的顶端涂上油彩，顷刻间，雾霭中，浩然一片绿色、黄色的屋顶在金色的阳光下隐约可见。它们看上去巨大无比，辨认不出图案，至于条理，如果有的话，也绝非肉眼能察觉，既任性又放纵，具有一种难以想象的丰饶之美。那已不是堡垒，也不是寺庙，而是众神之神的宫殿，凡人无法踏足。它是那样虚幻，那样奇异，那样超然于世，绝不可能出自人类之手，而是梦的造物。

泪水顺着凯蒂的脸颊无声地流下来。她双手紧握，嘴巴微张，屏住呼吸，凝视着眼前的一切。她还没有过如此轻盈的心境，就像躯体变成了空壳褪在脚下，而灵魂蜕化成纯然的精神，这就是美。她接纳它，就像圣徒口中接纳以圣饼为化身的上帝。

三十四

一大早瓦尔特就出了门，午饭时只回来半个小时，再回来就是晚餐准备好之后。凯蒂总是一个人待着，好几天都没走出平房。天气炎热，她躺在窗边的长椅上用看书来打发时光。中午的阳光掠去了那座魔幻宫殿的神秘面纱，出现在眼前的不过是城墙上的一座庙宇，既俗艳又破旧。由于她在那样忘我的状态下见识过它，它便不再普通。在清晨或傍晚，还有夜晚，她能再次捕捉到那种美。看上去好似巨大堡垒的建筑，不过是一堵城墙，她呆呆地望着那片凝重、灰暗的墙壁，凹凸起伏的墙垛后面，就是骇人听闻的瘟疫掌控的地方。

她隐约知道，那里接连发生着可怕的事情。这些消息并不是从瓦尔特那儿得来的，因为他很少跟她说话，而是从维丁顿和女佣的口中听到的，城中每天都有一百多人染病死去，被传染后很难痊愈。神像被人们从废弃的庙宇中抬到街上，神像前堆满了供品和祭品，却没有止住瘟疫。人死得太快，根本来不及掩埋。有的人家全家人都死光了，连送葬的人都没有，也没有亲人替他们主持后事。指挥部队的军官是位强势人物。如果说这个城市还没有成为发生骚乱和纵火之地，那要归功于他的意志。他强令士兵掩埋无人认领的尸体，还亲手枪毙一名拒不执行命令的军官。

凯蒂怕得厉害，感到心里没底，身体哆嗦，话说得容易，只要采取适当的措施风险会很小，可是她还是被吓得魂不守舍。她在脑海中酝酿着逃跑计划，逃走。只要能逃出去，她随时都可以动身。她要一个人离开，除了身上穿的什么都不带，逃到一个安全的地方。她想把事情告诉维丁顿，博得他的同情好出手相助，帮她逃回香港。她也可以向瓦尔特屈膝求饶，承认她被吓坏了，就算他恨她，总该讲点儿人情吧。

可是逃走是不可能的，就算她能逃走，逃到哪里去？回娘家，母亲是多么现实，嫁出去的女儿泼出去的水，别指望着能收回去，另外她也不愿回到母亲身边。她想去找查理，但查理不想要她，倘若她现在站在查理面前，她知道他的嘴巴里说不出什么好话来，她眼前浮现出他绷着的脸和那双迷人的眼睛背后隐藏着的狡猾的冷漠。她握紧了双手，本该狠狠地教训他一顿，就像当时他羞辱自己一样。有时候她恨不得瓦尔特能闹到法院离婚，只要把查理毁了，哪怕毁了她自己也在所不惜。一想起查理对她说了那么多浑话，她就觉得脸红不止。

三十五

第一次跟维丁顿单独聊天时，她主动把话题引到查理身上。他们刚到的那天晚上，维丁顿曾提到查理。她谎称查理与她丈夫只是点头之交。

“我不喜欢他，”维丁顿坦言说，“这个人很讨厌。”

“看来你还挺挑剔，”凯蒂回了一句，恢复了往日机灵略带戏弄的口气，“他可是全香港最受欢迎的人呢。”

“我知道他很擅长此道，把人际关系研究成一门学问，他有这个天赋，能让每个遇见他的人都觉得他是这个世界上最想见的人。他随时准备为人效力，要是他帮不上忙，也会让你觉得，他已尽了最大的努力。”

“这倒是挺有魅力。”

“魅力？这样的魅力有点儿让人讨厌。相比之下，跟一个不那么讨人喜欢，但多几分真诚的人相处才让人觉得踏实。我和查理·汤森算是老相识，有一两次，我撞见他摘掉伪装的面具——要知道，我这人无关紧要，只是海关里的低级官员——我发现他除了自己，对世界上的任何人都不关心。”

凯蒂悠闲地坐在椅子上，笑盈盈地看着他，转动着手指上的婚戒。

“他当然会发迹，他熟悉为官之道。在有生之年，我会有幸称他为阁下，在他进入房间的时候我要起立致敬。”

“多数人都觉得他应该发迹。他工作上有那个能力！”

“能力？真是胡说八道！他就是个蠢货，给人的印象是工作上才华出众，实际上根本没那回事，他们就像欧亚混血职员，全靠打拼。”

“为什么大家要夸他聪明呢？”

“这个世上有很多蠢人，看到一个官阶相当高的人不摆架子，还拍着他们的肩膀说愿为他们做任何事，他就能赢得这样的名声。这里面的功劳还有他太太的一半，说起他的太太倒是很能干，她头脑敏锐，常给丈夫出谋划策。查理·汤森有她这个贤内助，不会做出什么蠢事来。对官场上的人来说，这一点很重要。政府不需要聪明的人，聪明人主意多，很容易招惹是非。他们需要有亲和力、懂世故、不会捅娄子的人。呵，不错，查理·汤森肯定能登上仕途的顶峰。”

“那你为什么讨厌他？”

“确切地说我是不喜欢他。”

“你倒是对他太太赞赏有加。”凯蒂微笑道。

“我是个老派的矮男人，喜欢有教养的女人。”

“我倒是真希望她有教养，衣着再得体点儿。”

“她的衣着不得体吗？我从未留意过。”

“听说他们夫妻很恩爱。”凯蒂一边说着，一边透过长睫毛看着他。

“查理确实爱她，这我可以打保票，这是他身上最大的优点了。”

“言不由衷的赞美。”

“他也会逢场作戏，但不当真。他这个人很狡猾，不会为这种事惹上麻烦。事实上他并非多情之人，只不过爱慕虚荣罢了，希望被女人崇拜。他把自己保养得太好，如今刚过四十，就贪图享受。不过刚来香港时他实在是耐看，我常听他太太拿那些风流韵事跟他开玩笑。”

“她不在乎他的风流韵事？”

“是的，她知道这种事不长久。她还说，她倒是想跟查理的小情人们交交朋友，可惜她们实在是太一般，爱上她丈夫的女人都是些二流货色，说出来实在没有面子。”

三十六

维丁顿离开后，凯蒂反复琢磨他说的那些漫不经心的话。这些话听着不太舒服，她当时得极力掩饰内心的冲动。他说的话一点儿都没错，想到这儿她的心还隐隐作痛。她知道查理既愚蠢又爱慕虚荣，喜欢被人吹捧。她还清楚记得，他讲他聪明过人的小故事时是多么自鸣得意，他为自己耍的小伎俩而自傲。她满腔热情爱着的是这种人，就因为……因为他有迷人的眼睛和优美的身材，那她真是太轻贱了！她很想鄙视他，如果仅仅只是恨他，说明她还爱他。他是那么对她，她早该清醒清醒！倒是瓦尔特一向对他鄙夷不屑。唉，要是能彻底忘掉他那该多好！她那时明显被查理迷昏了头，他的妻子一定拿她跟他逗趣。多萝西本来愿意跟她做朋友，却发现她原来是个二流货色。凯蒂苦笑了一下，要是母亲知道这事，不知会恼怒成什么样子！

夜里她又梦见查理。他双臂紧紧搂住她，激情而热烈地吻着她。他又胖了些，四十岁，这又有什么关系呢？她莞尔一笑，爱他来自身体上的细心呵护，她的心中真是割舍不断哪！他孩子般的虚荣，反倒让她更加爱他、怜惜他、抚慰他。凯蒂从梦中醒来，眼里还流着泪水。

她不明白睡梦中的哭泣为何让她觉得那样悲伤。

三十七

凯蒂每天都能见到维丁顿。下班后维丁顿都会来到平房拜访费恩夫妇。一个星期后，他们就熟识了，要是放在别的环境，恐怕一年也交往不到这种程度。凯蒂有次跟他说，若是没有他，她真不知道在这里该怎么待下去。他开怀大笑。

“你瞧这个地方，只有你我是踏实地走在地面上，修女们走在天堂上，而你的丈夫是在黑暗中行走。”

凯蒂听后也开心地笑了，心里却琢磨维丁顿说这话的意思。维丁顿正用他欢快的蓝色小眼睛审视着她，虽然他的目光友好，但这种关切令她不安。她早发现维丁顿是个鬼精明的家伙，她和丈夫的关系，使维丁顿心生好奇。凯蒂故意卖些关子让他晕头转向，她则乐在其中。她对维丁顿有好感，知道他对自己也无恶意，他不智慧超群，也不才华横溢，但他坦率直白，没有心机，讲起事情来意趣横生。加上秃头下那张孩子气的脸，这让他说的话出奇地滑稽逗趣。他在港口工作多年，找不到跟他同一肤色的人聊天，他在这种特殊的环境中养成了自己的个性，他有各种古怪的念头，他的直率叫人耳目一新。在他看来生活就是一个玩笑，他对香港侨民的讽刺尖酸刻薄，但他也嘲笑湄潭府的官员，甚至嘲笑让整个城市元气大伤的霍乱。无论是悲剧还是英雄传奇，他都能讲得荒唐可笑。他在中国生活了二十年，积攒了大量奇闻逸事，听他的故事能下个结论：这是个十分怪诞、离奇又可笑的世界。

维丁顿否认自己是个中国通（他说汉学家都是疯子），但他能说一口流利的汉语。他读书不多，知道的那些都是听来的，可他却经常给凯蒂讲中国小说和历史故事。插科打诨加上他说话的方式倒也妙趣横生。在凯蒂看来，他在不知不觉中接受了中国人的观念，认为欧洲人野蛮，生活也是愚蠢的，只有在中国过的那种生活才能让理智的人洞悉其中的真实。这很值得反思，凯蒂以前听到的中国，尽是什么颓废堕落，肮脏不堪，糟糕得难以言说，眼下却是她重新认识中国的好机会，仿佛遮蔽中国的帷幕被掀起一角，她得以窥见一个丰富多彩、含义悠远的世界，这是在梦中都没见过的世界。

维丁顿坐在那儿，说着，笑着，杯不离手。

“你不觉得你喝得太多了吗？”凯蒂贸然问道。

“这是生活的一大乐趣呀！”他说，“再说还能预防霍乱。”

他走的时候总是带着醉意，但还能把控。酒让他快活，但并不令人讨厌。

一天晚上，瓦尔特下班比平时早，请他留下来吃饭。席间发生了一件不寻常的事。他们喝了粥，吃过鱼，男仆端上鸡肉和一盘蔬菜沙拉递给凯蒂。

“我的上帝呀，这可不能吃！”维丁顿见状后惊呼。

“是吗？我们每天晚上都吃。”

“我妻子喜欢吃。”瓦尔特说。

他把沙拉递给维丁顿，维丁顿使劲摇头。

“非常感谢，不过我还不想自杀。”

瓦尔特淡然一笑，径自吃了起来。

维丁顿没再说什么。很奇怪，话多的他竟然一言不发。晚饭后不久，他就走了。

他们确实每天都吃沙拉。来这儿两天后，厨师漫不经心地把沙拉端了上来。凯蒂不假思索地吃了起来，瓦尔特赶紧上前阻止。

“你不能吃这个。这个仆人疯了，竟然做起了沙拉！”

“为什么不呢？”凯蒂用眼睛正视着他。

“这很危险，眼下更不能吃，这会没命的！”

“我正求之不得！”

她阴沉着脸，故意大吃起来。她用嘲讽的目光看着瓦尔特，发觉他的脸有些发白。她以为他是怕了，可当沙拉端到他面前，他也动手吃了起来。厨子见他们并不忌口，所以每天晚上都要做一些。他们每天都在吃沙拉，以求一死。冒这种险简直是荒唐透了。凯蒂本来恐惧疾病，之所以要这样做，既是对瓦尔特恶意的报复，也是藐视心中的恐惧。

三十八

第二天下午，维丁顿又来到平房。刚坐下来，就问她想不想跟他到外面走走。来这儿以后，她还没出过门，于是很痛快地答应了。

“能散步的地方恐怕不多，”他说，“不过我们可以到小山上走走。”

“那儿有道拱门吧，我从窗口经常能看到。”

仆人打开沉重的大门，他们走进浮尘弥漫的巷子中。没走几步，凯蒂突然抓住维丁顿的胳膊惊慌失措地叫起来。

“快看！”

“怎么了？”

有个男人仰面躺在墙角，双腿挺直，胳膊伸过头顶，身穿一件打满补丁的蓝色布衫，头发蓬乱，显然是个乞丐。

“他已经死了。”凯蒂神情紧张地说道。

“的确是死了。我们走吧，你最好别再看，我一会儿让人把尸体搬走。”

可是凯蒂怕得厉害，几乎挪不动步子。

“我以前从没见过死人。”

“你最好习惯。在你离开湄潭府之前，说不定会遇到更多死人！”

他拉起她的手，挽住她的胳膊。他们默默无言地走了一会儿。

“他死于霍乱吗？”她忍不住问道。

“应该是的。”

他们登上小山，来到拱门前。拱门上雕刻精美，瞧上去古怪又颇具讽刺，在邻近地区还是一个重要地标。他们坐在基座上，面朝广袤的平原。山上遍地是绿色的坟茔，密密麻麻，拥挤不堪，总让人奇怪地想到，那些死人也在地底下你推我搡。狭窄的田埂在绿色稻田中蜿蜒曲折，牧童骑在水牛背上，缓缓走在回家的路上。三个农民头戴宽边草帽，肩挑着重担，身子歪歪斜斜地向前赶路。白天的暑气散去后，坐在牌坊那儿，轻柔的晚风拂面而来，令人心旷神怡。乡村广阔的田野在眼前铺展开去，能给饱受摧残的内心带来宁静与安详，让人倍感轻松，也能勾起莫名的感伤。眼前的景色缓解了凯蒂内心的痛苦，但还是忘不掉那个死去的乞丐。

“身边的人正在死去，可你还能又说又笑，还喝威士忌？”她突然问道。

维丁顿没有回答。他转过身来，看着她，随后将手搭在她的手臂上。

“说实话，这个地方不适合女人，”他神情严肃地说道，“你为什么不走呢？”

她透过长长的睫毛朝他斜视了一眼，嘴角掠过一丝微笑。

“我倒觉得越是在这样的环境下，妻子越应该陪在丈夫身边。”

“他们给我发来电报，说你和费恩一起来，当时我就很震惊。当时我的第一反应便是，你也许是个护士吧，反正护理病人都是在白天。我本以为你是个无情的女人，一旦有病人落在你手中，你定会把他整得要死要活。我第一次去平房，看见你坐在躺椅上休息，吃惊不小。你看上去虚弱不堪，脸色苍白，虚弱得不行。”

“总不能指望在路上奔波九天，还精气十足，满面红光吧。”

“你现在看上去还是如此。容我再说上一句，心情极度沮丧。”

凯蒂不由得脸红起来。不过，她还是哈哈一笑，尽力装出快乐的样子来。

“很遗憾，我的样子没能让你喜欢。我天生一副沮丧样，那是因为我的鼻梁高。十二岁时我就知道这个缺陷了。暗怀忧伤是俘获人心最好的姿态，你都不知道当年有多少英俊少年排着队想安慰我呢。”

维丁顿那对蓝色小眼睛微微发亮。显然她说的话，他一个字都不信。不过只要他不说破，她就装得若无其事。

“我知道你们俩结婚时间不长，但你和你丈夫肯定是疯狂地爱着彼此。我不相信你的到来是他的意思。也许，那是因为你不愿独自留在香港。”

“这是个不错的解释。”她淡淡地说道。

“不错，可惜不是事实。”

她想听他继续说下去，又担心他真的会说出什么来。维丁顿精明过人，她早就有所了解。维丁顿有话从不掩饰，她对此心知肚明。她又控制不住想听的欲望，想知道他对自己会有怎么样的评价。

“在我看来，你根本不爱你的丈夫。你很不喜欢他，如果你恨他，我也不会感到惊讶。不过，我可以肯定的是，你很怕他。”

维丁顿的话说中了要害。她扭头朝别处看。

“我怀疑你不喜欢我丈夫。”她用冷淡而挑衅的口气说道。

“不，我完全敬重你的丈夫，他是个有头脑、有品德的人。说实话，头脑和品德兼备的人很难遇到。我想你还不了解他在这儿的工作，他也从不会对你说。如果有人能单枪匹马阻止这场可怕的瘟疫，这个人就非他莫属。他每天都在抓紧救治病人，整顿城里的环境，竭尽全力净化水源。他不介意去哪里、做什么，他在拿生命冒险，每天都要冒二十次的生命危险在工作。现在虞上校完全听他的，整个部队也由他调遣。他还说服上校，由他来调度当地的驻军。他让当地的长官看到了希望，这个老官僚也想有所作为。修道院的那些修女对他信赖有加，把他当作英雄呢。”

“你不这么认为吗？”

“他做的这些，并不是他的本职工作，他只是个细菌学家，没必要非要到这里来。我也看不出，他远道而来，是出于人道主义对这些奄奄一息的中国人心怀怜悯。他与沃森不一样，沃森是传教士，他对什么基督教徒、佛教徒、儒教徒，都一视同仁，归根结底，他们都是人。你丈夫来这座城市，并非因为十万个中国人死于霍乱，也不是出于对科学的研究。他到这儿来为了什么？”

“你该去问他本人。”

“看你们俩在一起很有意思，我对你俩是如何相处的很感兴趣。有时我在想，你们俩单独相处时，各自会有什么表现。我去你们家时，你们都在演戏，演技差劲极了。我说的可是实话。凭你俩的水平去剧团演出，待在巡回演出团里一周连三十先令也不会赚到手。”

“没明白你都说了些什么。”凯蒂故作轻松地笑了笑，但她知道这样子很假。

“你是个天生漂亮的女人，可你丈夫从来不正眼看你，这真是怪事。他对你说话时，听上去不像是他平常的声音，倒像是换了个人。”

“他不爱我吗？”凯蒂低声问道，嗓音沙哑，一改先前无忧无虑的语调。

“这个我还看不出来，我不知道是不是因为他对你十分反感，只要一走近你，浑身就直起鸡皮疙瘩？还是说，他痴情地爱着你，不过是出于某种原因，他把心中爱的烈火埋藏起来，不让真情流露？我都想过，你们俩到这儿是来寻死的。”

凯蒂马上记起当他们吃蔬菜沙拉时维丁顿投来的眼神，当时维丁顿可是很吃惊的样子。

“我看你是把蔬菜叶看得太重了。”她尖刻地说着，随后站了起来，“我们回去吧，我想你现在需要喝一杯威士忌加苏打水了。”

“不管怎么说，你到这儿来绝不是想当英雄，你被瘟疫吓得要死。你敢肯定你不想走吗？”

“跟你有关系吗？”

“没有关系，但我可以帮你。”

“你是想垂怜我这黯然神伤的外表，你也动情了？你看看我的侧影，跟我说，我的鼻子是不是有点儿长？”

他看着她不知思考着什么，明亮的眼睛里露出了嘲笑与讥讽的目光。目光中还夹杂着由衷的善意，就像河边的树映在水中的倒影，这种特别的关爱，突然使凯蒂有想哭的感觉。

“你真的不走吗？”

“是的。”

他们从雄伟壮观的拱门下穿过，径直朝山下走去。在他们快到平房时，又看见了那具乞丐的尸体。他挽住她的胳膊，她却把胳膊抽了出来，一动不动地站在那儿。

“那不是很可怕吗？”维丁顿问。

“什么可怕？是死亡吗？”

“是的，死亡让一切变得微不足道。他已经不成人样了，你看着他现在的样子，很难相信他原本是个活生生的人。谁能想到在几年以前，他还是个天真的孩子，在这小山上活蹦乱跳地放风筝呢。”

这会儿，她遏制不住自己的情绪，竟兀自地哭了起来。

三十九

几天后，维丁顿坐在平房里，手里捧一大杯威士忌加苏打水，跟凯蒂讲起了那座修道院。

“修道院院长是个非常了不起的女性，”他说，“修女跟我说，她出身法国显赫的大家族，但没具体说是哪个家族。据说，院长不希望别人议论此事。”

“你感兴趣的话，为什么不去问她呢？”凯蒂微笑道。

“如果你对她有所了解的话，你就该知道，贸然向她提问是不可能的。”

“既然她能让你肃然起敬，那么肯定是位了不起的女性。”

“她有话让我捎给你，她让我问你愿不愿意冒险去他们的瘟疫中心，要是你不介意的话，她很乐意带你参观一下修道院。”

“非常感谢她的邀请，真没想到，她会把我放在心上。”

“我跟她说起过你。每个星期我都要去那儿两三次，主要看看能不能帮上忙。可以肯定，你丈夫早就向她们介绍过你。你要有思想准备，她们对你丈夫可是佩服得五体投地。”

“你是天主教徒？”

他的小眼睛眨巴了两下，那张有趣的脸上笑出满脸皱纹。

“你干吗要笑？”凯蒂打趣地问道。

“你是说进教堂能有什么好处吧，不，我不是天主教徒，我是英国国教的信徒，这种说法无伤大雅，就是你什么都不信，不会冒犯你吧……十年前院长来这儿时，随身带来七个修女，结果七个人只剩三个，那几个都死了。你看就算在最好的时候，湄潭府也不是什么疗养胜地。她们虽居住在市中心，却是最贫穷的地区。她们工作很辛苦，从来都不知道休息。”

“她们的修道院现在只有三位修女和院长吗？”

“那倒不是，后来又来了几个修女，眼下有六个人。霍乱初期，有修女染病死了，但是从广东又来了两位顶替了她们的位置。”

凯蒂微微打了个冷战。

“你冷吗？”

“不冷，只是打了个冷战。”

"她们离开法国，就永远回不了家了。不像新教传教士们，动不动就有回国休假一年的机会。她们是挺难熬的。我们英国人都不太依恋故土，走到哪儿哪儿就是家。但是对法国人来说就不一样，他们对故土有种本能的依恋，这些修女做出这样的牺牲，真的很让人感动。但是我要是天主教徒，我也会这么做的，这一切都是理所应当的。"

凯蒂一言不发地看着他，这个矮个子男人的话让她捉摸不透。她心中嘀咕，他是不是故意在说给她听，他喝了那么多威士忌酒，也许他说的只是醉话罢了。

"你要是不相信，可以自己去看看。"他早就看穿了她的心思，开玩笑似的说，"就风险性而言，不比生吃西红柿大多少。"

"既然你都不怕，我又有什么好怕的！"

"你要是去了，会发现挺有意思，那个地方倒有点儿像一个袖珍的法国。"

四十

一条舢板船把他们引渡到河对岸，栈桥上停着一乘轿子，凯蒂坐在上面一直被抬到小山上的水闸口附近。打水的苦力正是通过这条路去河里取水。他们肩膀挑着两只沉重的木桶来回穿梭在田埂上，桶里的水一路洒出来，溅得道上湿淋淋的，就像刚下过一场大雨。轿夫们急促地吆喝着，催着苦力们让开一条道。

"现在的生意也没的做，"跟在一旁的维丁顿说道，"要在平时，苦力们比现在还多，往帆船上担运货物，来来往往的要跟他们抢道才行。”

城里的街道很窄，曲折多弯，绕得凯蒂完全失去了方向感，不知道自己在朝哪个方向走。很多商店都关着店门。在来湄潭府的途中，她已习惯了中国街道的脏乱不堪，这里的杂物已经有好几个星期没清理，气味难闻，她只好用手绢捂住鼻子。在中国的街道上行走，她对人群的围观不胜其烦，可是眼下，她注意到人们只会朝她投来漠然的一瞥。街道上的行人稀稀拉拉，不再像平时那样拥挤不堪了。他们做着自己的事情，看上去惊慌失措。他们从鳞次栉比的房前经过，时不时听到敲锣声和不知什么乐器发出的哀鸣，在一扇扇关闭的房门后面，显然是有人病逝了。

“我们到了。”维丁顿终于松了口气。

轿子在一扇小门前落了地，小门的上方镶嵌着十字架，门两侧是悠长的白色墙。凯蒂走出轿子，维丁顿摁响了门铃。

一个中国姑娘把门打开。维丁顿说了一两句中文后，她把他们让进走廊一侧的厢房中。房间里有一张大桌子，上面蒙着一块花格子油布，靠墙摆着几把硬木椅子，厅堂前放着一尊马利亚的石膏雕像。不一会儿，一位修女走了进来，她身形矮胖，有着一张朴实无华的脸，面颊红润，脸上闪动着一双快乐的眼睛。维丁顿向她引见了凯蒂，他管她叫圣约瑟芙修女。

“你是费恩医生的太太吧？”她用法语问道，随后笑容满面地又说院长将亲自接待他们。

圣约瑟芙修女不会说英语，凯蒂的法语也说得磕磕巴巴。维丁顿却能说上一口流利但并不怎么地道的法语，只见他说个不停，逗得这位修女开怀大笑。那欢快爽朗的笑声使凯蒂颇感意外，她原以为修道院里的人都很严肃。这个修女甜美的笑容触动了她。

四十一

门打开了。凯蒂感到很奇怪，那扇门极不自然地像是自动从门轴那儿轻轻向外打开，接着修道院女院长走进狭小的房间。她在门口站了一会儿，朝开怀大笑的圣约瑟芙修女看了看，又打量了一下年老又可爱的维丁顿，嘴角露出一丝庄重的微笑。随后款款朝凯蒂伸出手。

“你就是费恩太太吗？”她上前招呼，她的英语虽带有浓重的口音，但发音还算正确，她朝凯蒂微微躬身示意，“很高兴结识我们善良而又勇敢的医生太太，我倍感荣幸。”

凯蒂发现院长的目光一直看着她，好像在对她的容貌进行品评，她没有尴尬。她的目光直截了当，一点儿也不失礼。反倒让凯蒂觉得院长的工作就是对别人评头论足，不必要加以掩饰。她用庄重而亲切的语气请她坐下，她自己也跟着坐了下来。圣约瑟芙修女依然面带笑容，但不再作声，静静地站在院长的身后。

“我知道你们英国人喜欢喝茶，”院长说，“我事先预订了一些。不过很抱歉，我是按照中国的习惯来喝茶的。我知道，维丁顿先生喜欢威士忌，可我这里却没有办法请他喝了。”

她微笑着说道，庄重的眼神里带着一丝调侃。

“饶了我吧，院长，看把我说的，就好像我是个十足的酒鬼似的。”

“我倒是希望你滴酒不沾，维丁顿先生。”

“我不沾则已，一沾就多。”

院长被逗笑了，并将这些打趣的话翻译给圣约瑟芙修女听。而圣约瑟芙修女的眼神友善地注视着维丁顿。

“我们必须对维丁顿先生的嗜好给予体谅。有两三次我们手里实在是没有钱了，真不知道拿什么来喂饱那些孤儿，正在饿着肚子的时候，是维丁顿先生帮了我们。”

这时刚刚给他们开门的那个姑娘又进来了，她的手里端着茶盘，盘子里有一把茶壶和几个中式茶杯，还有一小块叫“玛德琳蛋糕”的法式点心。

“你们一定要尝尝这款玛德琳蛋糕，”院长说，“这可是今天早上圣约瑟芙修女专门为你们做的。”

他们几个人开始谈些家常琐事。院长问凯蒂来中国多久了，从香港到此地的行程是不是让她非常疲劳。她还问她去没去过法国，问她能否适应香港的天气。她们交谈的都是无关紧要的琐事，气氛很融洽，周边环境也让她们的谈话有种特殊意义。会客厅十分清静，很难让人相信，这是在人口稠密的闹市区。很幸运，这里被安宁笼罩着，外面的世界正在瘟疫肆虐，市民惊恐难安。这里的军官利用手中的权力控制着局面，那种做法几乎和土匪无异。在修道院的围墙内，临时医务室里挤满了染病的奄奄一息的士兵。在修女们抚养的孤儿中，有四分之一已经死去。

不知道为什么凯蒂对院长印象特别深刻。院长跟她说话的时候，凯蒂仔细看着这位令她肃然起敬的女士，她全身一袭白色修道袍更显得她沉稳端庄，袍子上唯一的颜色是烙刻在胸前的红心。她是位中年人，年纪在四十岁到五十岁之间，到底多大岁数很难说清楚，因为她皮肤光滑白皙，脸上皱纹很少。不过这样说也不见得准，之所以不觉得她年轻，是因为她高贵的举止，她的稳重，以及她的一双强有力、漂亮、清瘦，却不柔嫩的手。她长脸，嘴略大，牙齿白净而整齐，鼻子不小，但很挺拔。在细长的眉毛下，长着一双又大又黑的眼睛。她的目光算不上冷淡，沉稳坚定的神态使人信服。院长给人的最初印象是，年轻的时候长得十分迷人，接着会发现她的美在于性格，然后会越发觉得她的美流露于内在。她的声音低沉，显然是有意加以控制的，无论是说英语还是法语，她的语速都是有节奏、快慢有度的。最重要的是，她威严不凡的气度是基督教慈善事业所锤炼出来的。她习惯了发号施令使别人听命于她，她谦卑的态度使人愿意服从，她能深刻地意识到基督教赋予她的威严。凯蒂觉得，尽管她气势威严，但她仍然会用一种人性的耐心来包容他人的弱点。当她带着严肃的微笑听着维丁顿信口胡说时，可以相信她对幽默的感知力是相当敏锐的。

院长的身上还具备一种品质，凯蒂说不清是什么。院长举止高雅，仅这一点，就让凯蒂觉得自己还像一个笨拙的小学生。她和院长还差着很长的一段距离。

四十二

“先生，难道你一点儿都不想吃吗？”圣约瑟芙修女说。

“满族人的饭菜毁坏了先生的好胃口。”院长回应道。

圣约瑟芙修女脸上的笑容立刻不见了，露出一本正经的样子。维丁顿恶作剧似的看了她们一眼，拿起那块点心。凯蒂没听明白他们在说什么。

“为了证明你们说的话很不公正，院长，我要放弃今晚的美味提前大吃一顿。”

“如果费恩太太有意赏光，想在修道院里看一看，我很乐意做你的向导。”她朝凯蒂转过身来，脸上还带着对维丁顿不以为然的微笑。接着有些歉意地说：“眼下，因为修道院里正是疫情混乱的当口儿，我们有大量的工作要做，可我们的人手远远不够。虞上校叫我们腾出医务室，全部让给染病的士兵。为了收留孤儿，我们现在只好把餐厅改成医院。”

她起身恭候在大门旁，让凯蒂首先通过，圣约瑟芙修女和维丁顿紧随其后。他们一行人沿着阴凉的白色走廊走去，首先进入一间宽大的、没有陈设的屋子，不少中国女孩儿正在埋头绣花。客人们进来时，她们全都站了起来。院长拿起几块她们绣的作品给凯蒂看。

“尽管发生了霍乱，可我们一直坚持让她们绣花，这样可以让她们不去想可怕的事情。”

她们进入第二个房间，里面是年纪更小的女孩儿，正在做着简单的缝补活儿。到了第三个房间，屋里面都是小孩子，一个中国修女照看着她们，孩子们闹哄哄地玩耍着。院长进去后，她们都一窝蜂地围上来。她们一个个都是两三岁的小不点儿，长着中国人特有的黑眼睛、黑头发。孩子们有的拉住院长的手，有的调皮地躲到她宽大的裙子下。院长严肃的脸上笑容很迷人，抚摩着她们的脑袋，说了几句逗弄她们的话。凯蒂听不懂中国话，但是她可以看出来，院长所说的话充满爱意。看着穿着统一制服的孩子们，凯蒂的心好像被揪了一下，她们个个面黄肌瘦，发育不良，外加扁平的鼻子，看上去并不招人喜欢。可院长站在她们中间，犹如仁爱的化身。当她要离开时，孩子们不肯放她走，用手抓着她，她只好微笑着哄劝，轻轻用力掰开她们的小手才得以抽身而出。这些孩子全然不知这位伟大的院长身上有什么可怕的东西。

“你知道，这些孩子不都是孤儿，”她们来到走廊上，院长说，“有的是弃婴。她们的父母将他们遗弃了，我们拿出一点儿钱，他们才愿意送到这儿来。否则，他们不愿意找这个麻烦，干脆让她们死了算了。”她朝圣约瑟芙修女转过身去，问道，“今天送来了几个？”

“四个。”

“眼下瘟疫肆虐，他们更是将女婴当作毫无用处的拖累，迫不及待地处理掉。”

她领着凯蒂往女婴室走，一行人先经过一扇门前，只见门上写着“医务室”的字样。凯蒂听到一阵阵可怕的呻吟声，还有痛苦的号叫声，仿佛不是承受痛苦的人类发出的声音。

“医务室先不让你看了，”院长站在门口说道，“那里的情形谁都不想看到。”她突然想到了什么，“费恩医生在里面吗？”

她带着询问的目光，看着圣约瑟芙修女。修女笑着推开大门走了进去。大门打开时，凯蒂听到里面传来更加恐怖的嘈杂声，她朝后退缩了一下。圣约瑟芙修女转身又回来了。

“他不在。刚才来过，过一会儿可能还会再来。”

“六床的孩子怎么样了？”

“可怜的孩子，她已经死了。”

院长双手合十，嘴唇翕动着，默默地祈祷着。

她们穿过庭院时，凯蒂看到地上并排放着两个长方形的东西，上面盖着一块蓝布。院长朝维丁顿转过身去。

“床位十分紧张，现在两个病人挤在一张床上。一旦有病人去世，我们就立刻腾出床位，安排给其他病人。”她又冲凯蒂微微一笑，说道，“现在我带你去看礼拜堂，这是我们最引以为傲的地方。不久前，一位法国朋友送来一尊真人大小的圣母马利亚塑像。”

四十三

她们的礼拜堂真算是小的了，不过是一间又长又矮的小屋子，白色的墙壁，还放着几排松木板凳。礼拜堂的最里面是圣坛，圣坛上矗立着那座圣母马利亚的石膏像，涂着天然的色彩，表面油光锃亮。塑像背后是一幅耶稣受难的油画，十字架的下面画着两位神情极度悲伤的马利亚。油画技法不太好，深色的地方画得一塌糊涂，完全缺乏对色彩的把控能力。作画之人对色彩之美毫无眼光。周围的墙壁上贴着一整套耶稣受难的组画，与前一幅油画一样，都是出自同一个人之手。教堂被这些画装饰得粗陋又俗气。

两位修女走进来先跪下祈祷，许久后站起身来。院长又给凯蒂介绍起来。

“霍乱引发的暴乱蔓延到这里时，所有的易碎品全都毁了，但巴黎那位捐赠者为我们送来的这尊石膏像却完好无损，这真是个奇迹呀！”

维丁顿那神秘莫测的小眼睛闪动了两下，但他还是管住了自己的嘴巴。

“圣坛上的装饰物和墙上的耶稣受难画，都是我们的圣安塞母修女画的。”院长在胸前画了个“十”字，随后说道，“她是一个真正的画家，不过很不幸，她死于这场瘟疫。难道你不觉得这些油画很漂亮吗？”

凯蒂在迟疑中点头称是。圣坛上布满了一束束的纸花，一座座烛台装饰得异常华丽，看着让人静不下心来。

“我们拥有特权，在这里保持圣餐礼。”

“嗯？”凯蒂没有理解这句话的意思。

“面对眼前这场可怕的灾难，站在这里，能给我们带来莫大的安慰。”

他们走出礼拜堂，重新回到他们刚才见面的客厅。

“走之前，你想看看我们今天早上收容的弃婴吗？”

“很想看。”凯蒂说。

院长领着他们走进走廊另一侧的小房间。桌子上蒙着一块布，布的下面有东西在蠕动。照看婴儿的修女把布拿开后，四个赤身裸体的婴儿露了出来。她们一个个通体发红，手脚不停地舞动着，十分有趣，小脸扭曲着，显出愁眉不展的样子。看上去好像不是人类，而是陌生的怪物。这些小家伙又有些异乎寻常的东西，让这些修女为之动容。看着她们舞动的双手，院长欣慰地笑了。

“她们看上去活泼又好动。有时候，弃婴被送进来的时候，几乎奄奄一息。她们一到修道院，我们就给她们施洗礼。”

“太太的丈夫见到这些孩子，一定会很高兴的。”圣约瑟芙修女接着说，“我认为他会很高兴地跟孩子玩上几个小时。要是这些小家伙哭了，他就会把她们抱起来放在臂弯里，哄得她们舒舒服服的，到最后，这些孩子都会开心地笑起来。”

不知不觉间他们来到了修道院的大门口，凯蒂对院长领他们参观深表感谢，院长毕恭毕敬地朝凯蒂和维丁顿躬身施礼，做出了既高贵又谦和的姿态。

“你可知道这是我莫大的荣幸。因为你的丈夫仁慈善良，一直在对我们鼎力相助，他可是上天赐给我们的大礼呀。我很高兴你能随他来到这里。他每天下班回家后，能得到你的细心照顾，能看到你的甜美笑容，一定会获得巨大的精神慰藉。你一定要好好照顾他，不要让他工作太辛苦。为了我们所有的人，你可要好好地关心他。”

凯蒂羞愧得满脸通红，一下子不知道说什么好。院长伸出手，凯蒂与她握手，能感觉到那双有力的手给予她无形的力量。院长直率的目光，也给予她深深的理解。

圣约瑟芙修女关上修道院的大门时，凯蒂已坐在了轿子里。他们穿过狭长曲折的街道往回走。话多的维丁顿说了句什么，凯蒂没有吱声。他奇怪地看了一眼她的轿子，只见两侧的轿帘已放了下来，看不见坐在轿子里的凯蒂。维丁顿只好一言不发地朝前走去。他们来到河边的时候，凯蒂终于从轿子里走了出来，维丁顿不无吃惊地看到她已泪流满面。

"怎么回事？"他问，满是皱纹的脸上露出无措的表情。

"没什么，"她强颜欢笑，"有点儿犯傻呗。"

四十四

在已故传教士的简陋客厅里，只剩凯蒂一个人，她躺在长椅上，面对着窗户，神思恍惚地注视着河对面的那座寺庙（夜晚将至，它又变化成梦幻般迷人的颜色）。她想静下心来平复内心复杂的情绪，让她没有想到的是，修道院之行竟让她深受感动。她来这儿后也没什么事可做，本是出于好奇才去的修道院。这些日子以来，她每天隔着小河，眺望着那座高墙环绕的城市，也颇想去看一看那些神秘的街道。

走进修道院，她似乎被带到另外一个世界，这个世界让她感到十分陌生。那些设施简陋的房间以及白色的走廊，既庄严又简朴，在那个世界里，似乎充盈着某种遥不可及又无法估量的精神。那个小小的礼拜堂，是那么丑陋，那么粗俗，但是它的简陋不堪却隐含着它的仁慈，它拥有那些气势恢宏的大教堂所缺少的谦卑。与大教堂的彩色玻璃及精美图画相比，这个礼拜堂显得寒酸，但它富有装饰它的信念和珍爱它的情感，这些都赋予了这个礼拜堂神奇的心灵之美。在瘟疫猖獗的时期，这家修道院井然有序地工作着，面对死亡镇定自若，这一切给她留下了深刻的印象。当圣约瑟芙修女打开医务室的大门时，凯蒂在一瞬间所听到的那些可怕的呻吟声仍然在她耳边回响。

瓦尔特在她们的评价中是那么好，首先是圣约瑟芙修女，随后是院长，都对他赞赏有加，听到她们不断称赞瓦尔特，尤其是听到院长在夸奖他时，凯蒂竟然生出一种自豪感。维丁顿跟她夸过瓦尔特的工作能力，但是这两位修女津津乐道的不仅仅是瓦尔特聪明能干（在香港时，她就清楚大家都觉得他很聪明），还有他的细心周到与温柔体贴。说真的，瓦尔特确实是个非常温柔体贴的人。当人生病时，只要他到场，病痛就会减轻不少。她心里清楚，她再也不会得到他深情的注视。此前，她对这样的眼神未加珍惜，还一度伤害过他。现在她才知道，他爱的能力是多么深广。不可想象的是，他正将这满腔的爱倾注在这些可怜的病人身上，成为他们的依靠，对此她的心中并无忌妒，而是涌上了一种失落感。那情形就像一直仰赖的支撑突然之间被撤走了，她顿感头重脚轻，如同失去重心一般，开始没着没落。

以前她鄙视他，现在她只有鄙视自己；以前她压根儿不把瓦尔特放在心上，眼下，她只能对自己心生鄙夷了。他聪明，必定知道她以前如何看待他，但他无声无息地接受了。她是多么愚蠢，这他知道，但他爱她，所以欣然接受。现在她不讨厌他，也不恨他，只是心里有隐隐的恐惧和困惑，现在她不得不承认他身上具有不同寻常的力量，有时候甚至还会觉得他身上有神奇的、不易被人察觉的伟大品质。说来惭愧，她竟然没能爱上瓦尔特，而是爱上一个自私自利的虚伪男人。在这些漫长的日子里，她不断地做出反思，终于对查理·汤森的人品做出了准确的判断：他就是一个胆小怕事的家伙，一个人格猥琐的二流货色。她对他的爱意一时间还无法彻底消除，如果能够忘记他那该多好哇，她尽量不去想他。

没有想到维丁顿也给予瓦尔特很高的评价，看来一直以来，只有她本人对瓦尔特的优点视而不见。这到底是为什么呢？这是因为瓦尔特爱她，而她却不爱瓦尔特。深爱你的人，你却不爱他，不过，维丁顿也曾坦言，他并不喜欢瓦尔特，男人们一般都不太喜欢他，只有两位修女对他怀有某种深情厚谊，他在女人眼里全然不同，他是个与众不同的男人。虽说他为人羞怯，做事不张扬，但他周围的人都能感受到他无微不至的仁爱之心。

四十五

不过让凯蒂印象最深、感触最多的还是那两位修女。先是活泼快乐的圣约瑟芙修女，她的脸颊如苹果般红润，十年前她跟随院长和其他修女来到中国。这些年，她目睹同伴因疾病、穷困和乡愁死亡，但她仍然保持着开朗乐观、无忧无虑的精神状态。是什么力量使她变得如此豁达、如此乐观呢？再就是修道院的院长，凯蒂喜欢她，想象着自己再次站在她的面前，感受她高贵的气质，相比之下，总感到自己相形见绌，她的神态是那样坦诚自然，令人心生敬畏，见过她的人没有不敬重她的。跟随在院长身边的圣约瑟芙修女的一言一行，都表达着对院长的敬重。就连口无遮拦、不拘礼节的维丁顿，在院长面前说话也尽量地约束自己。其实，无须知道院长出自法国哪个名门望族，她的言谈举止就已显露出高贵的血统，她的权威让人无法抵抗。她有贵族的端庄仪表，也有圣人的谦卑情怀。她那张漂亮、坚强、饱经风霜的脸上透露出庄重，同时又饱含着对弱小生命的关怀，怪不得那些闹哄哄的小孩子一见到她就愿意聚拢在她的身边，一点儿也不惧怕她，因为她有一颗深切的爱心。院长看着那四个刚送来的女婴，看着她们活泼好动的样子，脸上挂着甜美而又意味深长的微笑，那微笑如同一缕阳光，照在萧瑟而孤寂的荒野上。圣约瑟芙修女无意间提到瓦尔特喜欢孩子，当时凯蒂的内心莫名地感动。她知道，瓦尔特非常渴望她能生个孩子。瓦尔特虽然沉默寡言，但是在哄逗孩子方面算得上得心应手，尽显他细致耐心、善良与温情的一面。对他这方面的能力她深信不疑，大多数男人在照看孩子时都笨手笨脚的，缺乏爱心，但瓦尔特不是那样的人。

这段难忘的经历也有让她不解的地方，就像笼罩在心头的阴影（这个阴影也不是那么沉重，就像白色的云朵镶嵌了一道黑边），清晰可见，挥之不去，让她不知所措。她从单纯快乐的圣约瑟芙修女和端庄优雅的院长身上，感受到了一种压在她心头的阴影。她们待她很友好，甚至像久违的朋友那样让她感到亲切，可是她们又有什么事对她隐瞒呢？或许她们没有把她当成无话不谈的朋友，而是一个偶然到访的客人，她跟两位修女之间存在着一道鸿沟。她们说着不同的语言，不仅说话的方式有别，心里想着的事情也不一样。那扇修道院的大门对她关上之后，修女们就会把她抛到脑后，去忙她们的工作。对她们来讲，她们的世界跟她无关。她不仅觉得自己是被那座穷困的小修道院关在了门外，而且也被关在了一座精神乐园的门外，而那里却是她现在迫切需要的精神寄托。突然之间，她的心头生出了前所未有的孤独感。这正是她坐在轿子里哭的原因。

她现在疲惫不堪地靠在椅子上，长叹一声："唉，我真是个无用的人。"

四十六

那天晚上，瓦尔特回来得比平时早，凯蒂正对着敞开的窗户躺在长椅上，天已接近傍晚。

"怎么不点灯？"瓦尔特问。

"晚餐准备好后他们会提灯上来。"

瓦尔特很随意地说着话，谈的都是无关紧要的家常琐事，像个不生不熟的朋友似的。从他的言谈举止中，丝毫看不出他对凯蒂存有恶意。他并不拿眼睛看她，也不对她笑，处处拘于礼貌。

"瓦尔特，等这次疫情结束后，我们该怎么办呢？"她问。

他躲在阴影里，沉默片刻后才说："我没想过。"

凯蒂说话的方式是想到什么就说什么，从不像他那样考虑好了再说。但现在她有点儿忌惮他，说话时觉得自己的嘴唇都跟着发抖，心也跟着痛苦地跳动。

"今天下午，我去修道院了。"

"听说了。"

凯蒂紧张得几乎说不出话来，但还是硬着头皮说下去：

“你把我带到这儿来，当初是不是真想让我去死？”

“我要是你的话就不会再提这事。凯蒂，讨论这种事不会给我们带来什么好处，还是把以前发生的不愉快忘掉为好。”

“可是你忘不了，我也忘不了。自从来这儿以后，我想了很多很多，你愿意听听我的想法吗？”

“当然愿意。”

“我对你太不好了，我竟然对你不忠。”

他定在原地，静得可怕。

“我不知道你明白不明白我说的意思。对女人来说，那种事情一旦结束，过去就过去了，也不算什么，至于男人对这种事是怎么看的，女人搞不明白。”她唐突地说着，发出来的声音都不像自己说的，“你知道查理是什么人，你也知道他会怎么做。完全像你说的，他就是一文不值的小人。而我呢，我若不是像他那样一文不值，也不会受他的蒙骗。说这话我也不是想求得你的原谅，更不会求你像原来一样爱我，但我们还能做朋友吗？看在我们周围成千上万的人死于这场瘟疫，那些修道院的修女……”

“她们跟这有什么关系呢？”瓦尔特打断了凯蒂的话。

“我现在也说不清楚，我今天去修道院的时候，有种奇怪的的感觉，这一切事情的发生好像有很深的寓意。她们是那么了不起，她们的环境那么糟糕，但她们的自我牺牲精神是那么伟大。让我不由得想到……我不知道你明不明白我的意思，因为一个一文不值的女人对你不忠，就让你深陷痛苦，这是多么荒唐和不相称，我这个人太没价值，太没用了，都不值得你为我分心。”

瓦尔特没有接话，也没有转身离开，似乎在等待她说下去。

“维丁顿先生和修女们跟我说了你那么多好话，我为你感到自豪，瓦尔特。”

“你过去可不是这样，总是瞧不起我，现在不会了吧？”

“难道你不知道我很怕你吗？”

他又沉默了。

他终于又开口说道：“我不明白你的意思，也不知道你到底想要怎样？”

“我什么都不想要，只希望你能稍稍快乐些。”

凯蒂感到瓦尔特站直了身体，说话还带着刺。

“你觉得我不快乐，那是你想多了。我每天有太多太多的事情要做，根本不可能经常想到你。”

“我不知道修女们会不会同意我去修道院工作，她们那里正缺人手。如果能让我去帮忙，我会非常感谢她们的。”

“在那儿干活儿可不轻松，也不快乐，恐怕坚持不了多久你就会感到厌倦。”

“你就这么瞧不起我吗，瓦尔特？”

“那倒不是，”他迟疑了一下，然后用奇怪的声音说，“我是瞧不起自己。”

四十七

晚饭后，瓦尔特像往常一样坐在油灯下看书。每天晚上他都是等凯蒂躺下后去实验室。这个实验室是用空房间改造而成的，瓦尔特要在那里一直工作到深夜。他每晚都睡得很晚，凯蒂也不知道他究竟在做些什么实验。关于他的工作，瓦尔特只字不提，他以前对工作上的事对她缄口不言，他就是一个天性不爱张扬的人。凯蒂坐在窗前对瓦尔特刚才所说的话反复琢磨，这次谈话没有任何结果。她意识到，她跟他生活了这么久，对他仍然知之甚少，甚至捉摸不透瓦尔特所说的话。可不可以这样想，既然她都成了伤害瓦尔特的灾星，那么在他眼里，她是不是已经完全不存在了？曾经，瓦尔特还爱着她的时候，是那么喜欢听她说话。现在，他已不爱她了，无论她说什么，瓦尔特都会觉得厌烦。想到这些，她感到羞愧不已。

可是毫无睡意的凯蒂，还是忍不住打量着丈夫。微弱的灯光映照出他的侧影，犹如雕塑一般。他五官端正，长得眉清目秀，坐在那里看书的神情很严肃，透着不愿被打扰的冷峻之气，他的眼睛随着书页翻动而移动着。除此以外，他全身凝然不动，静得让人不安。有谁能想到这张紧绷的脸会被激情融化，变得浓情蜜意起来呢？她不禁想起他从前的样子，还忍不住打了个寒战，心生厌恶。虽说他外表英俊，为人诚实可靠，聪明又有才华，但凯蒂就是无法爱上他，说起来真有点儿费解。不过，这下好了，从此以后，她将不再屈从于瓦尔特的爱抚了，想到这儿，倒也是一种解脱。

问他强迫自己来到这个鬼地方是不是真想让她死时，他没有回答。这个结果让她感到恐惧，瓦尔特宅心仁厚，真的难以相信他竟会有如此歹意。他当初这么做只是想吓唬吓唬她而已，同时报复一下查理（这挺符合他喜欢冷嘲热讽的秉性）。后来是出于固执，或是不愿被人笑话，瓦尔特还是坚持把她带到这个险恶的地方。

他说过他瞧不起自己，这句话是什么意思呢？凯蒂再次端详那张平静而冷漠的脸。瓦尔特还是那么专心致志地看书，根本没有意识到她的存在。

“你为什么瞧不起自己？”凯蒂脱口问道，几乎没有察觉出自己竟然开了口，好像刚才的谈话没有中断过。

“因为我爱你。”

凯蒂脸一红，眼睛忙向别处看去。瓦尔特的眼睛这回看着她，她却不堪忍受这种阴冷、稳定，似乎有种评判的目光。这会儿她明白了瓦尔特的意思。过了好一阵子，她才说道：

“你这样对我有失公平。”她接着说，“因为你知道我愚蠢、轻浮和粗俗，就对我大加指责，这很不公平！我就是在这样的环境中长大的，我认识的女孩子也都是这样的。这就好比一个没有音乐鉴赏能力的人，你不能责怪他不懂得欣赏。因为我并不具备那些品质，这样指责我，你觉得公平吗？我从来都没有伪装自己故意来欺骗你。我就是一个长相漂亮、生性快乐的女孩子。你不能指望到集市的货摊上去买珍珠项链或貂皮大衣，在那种地方，你只能买到锡质的小喇叭，或者玩具气球。”

“我没有指责你。”

他的声音显得疲倦，凯蒂听得有点儿不耐烦了。难道他就不能明白眼下发生的事吗？她算是看透了，与笼罩在他们心头上的恐惧相比，与那些在修道院里令人敬畏的美丽心灵相比，他们之间的事是多么微不足道，一个愚蠢女人犯下的过错，值得那么计较吗？她的丈夫做着崇高的事业，为什么还在意过去的不愉快？瓦尔特冰雪聪明，竟如此不分轻重，简直是太滑稽了！他给虚假的布娃娃穿上了华丽的礼服，把她供奉起来，结果却发现，布娃娃只不过是塞满木屑的玩偶而已。于是他不肯原谅自己，也不肯原谅凯蒂。他的灵魂受到了意想不到的伤害。他一直生活在自己假想的世界当中，当现实掀开了那层伪装，他为什么不能接受现实呢？他无法原谅她，实际上就是无法原谅自己。

凯蒂隐约听到瓦尔特发出一声叹息，赶紧朝他那边看了一眼。忽然间，凯蒂心中闪过一个念头，当时她也被这想法惊呆了。她努力地控制着自己，差点儿叫出声来。

他如此地痛苦不堪，难道这就是人们所说的伤心欲绝？

四十八

接下来的一整天，凯蒂都在想着修道院的事。第三天一大早，瓦尔特刚走，凯蒂就带上女佣，坐上一顶轿子赶往河对岸。天刚刚蒙蒙亮，渡船上已经挤满了人。他们有的穿着乡下人常穿的蓝色布衣，有的穿着体面的黑色长袍。一个个面无表情，仿佛是行尸走肉，正奔向阴曹地府。上岸后，他们在码头上游移不定，好像不知道究竟要去哪儿。随后，他们各自散开，开始三三两两朝山坡上走去。

这个时候，小城的街道上冷冷清清，比往常更像是一座死亡之城。偶尔有路人神色迷离地走过去，那种失魂落魄的样子，会让人误以为撞见了四下游荡的鬼魂。天空晴朗无比，初升的太阳正洒下柔和的光芒。这应该是个让人舒心愉悦、清新迷人的早晨，可是这座城市正被可怕的瘟疫扼住咽喉，在魔爪的掌控下，性命危在旦夕。不可思议的是，当人们在痛苦中挣扎、在恐惧中走向死亡时，这美丽的大自然（蓝色的天空犹如童心一般澄澈）却无动于衷。轿子终于在修道院的门前停下，一个乞丐急忙从地上爬起来向凯蒂乞讨。他身上穿的破烂衣服早已失去了原有的颜色，就像是从垃圾堆里捡来的。衣服的破烂处露出了粗糙、坚硬的皮肤，黑黢黢的，就像山羊皮。他的双腿瘦得像麻秆似的赤裸在外。他眼窝深陷，目光散乱，头发乱蓬蓬的，看起来就像个疯子。凯蒂被吓得赶忙转过身去。轿夫们厉声呵斥，命令他赶紧走开，可那乞丐死赖着不走。为了尽快脱身，凯蒂只好给了他几文钱。

这时门开了，女佣忙上前说明来意，凯蒂又被领进那间狭小的会客厅。客厅里的窗户似乎从来没打开过，屋里密不透风。她在憋闷的会客厅里坐了很久，心中犯嘀咕，是不是消息没有送到？过了很久，院长终于来了。

“请你务必原谅我让你久等了，”她进屋就说，“没想到你今天会来，我刚才忙得没有脱开身。”

“是我应该说对不起，打扰您了，我恐怕来得不是时候。”

院长冲她微微一笑，神情既严肃又亲切。她招呼凯蒂坐了下来。凯蒂发觉她双眼红肿，看上去像是刚刚哭过，心中不免吃惊。在她心目中，修道院的院长是不会被尘世间的事打扰的。

“出了什么事？”凯蒂犹疑着说，“是不是我来得不是时候，要不我先回去，改天再来拜访您？”

“不，不用。告诉我，需要我为你做什么？刚才只是，只是……昨晚有个修女去世了。”她说话时，声音不再平和，眼里满是泪水，“我实在不该感到悲伤难过，因为我知道她善良朴实的灵魂已经飞升大堂，她是个圣徒。但人有时难免控制不好自己的弱点，恐怕我还做不到一直保持理智。”

“很遗憾，听到这个消息，我也感到很难过。”凯蒂说。

凯蒂的同情心一触即发，一边说着，一边流起泪来。

“她是十年前跟我一起从法国来的那批修女中的一个，如今这批人中只剩下三个了。我还清楚地记得轮船驶出马赛港时，我们这一伙人站在船尾（或是你们所说的船头），对着圣母马利亚的塑像一起祈祷。自从皈依我主后，我最大的心愿就是能够到中国来，可是当我看到故土渐渐远去，还是忍不住流下了眼泪。我是院长，却没给我的孩子们做好榜样。昨晚离世的姐妹——她的名字叫圣弗朗西斯·泽维尔——她拉住我的手，反劝我不要悲伤。她对我说：无论我们身在何处，都与法国同在，与上帝同在！”

源自人类本性的痛苦，加上她竭力克制着理智和信仰所不允许的眼泪，院长美丽的面容因为悲伤而扭曲着。凯蒂眼睛看着别处，她感到窥视这种内心的挣扎很失礼。

“我刚才在给她的父亲写信，我们一直有书信往来。圣弗朗西斯·泽维尔修女和我一样，都是家中的独生女。她的家乡在布列塔尼，父母以打鱼为生。他们听到噩耗后，一定会很难过。唉！这可怕的瘟疫什么时候才能过去？今天早上，又有两个女孩儿发病了，除非有奇迹出现，否则谁也救不了她们。这些中国人对疾病都没什么抵抗力。失去圣弗朗西斯修女对我们来说代价太惨重了。眼下，还有很多的活儿要做，我们比以往任何时候都更缺人手。在中国其他地方的修道院有不少修女都很想来这儿。为了能来这里，她们可以抛弃一切——不过她们什么也没有——但来这儿就等于送死，所以，只要我们这些修女还能撑得住，我就不想让别人再来做出牺牲。”

“您的话让我备受鼓舞，院长。”凯蒂说，“您的话给了我信心，你们遭遇如此不幸，我还以为来得不是时候呢。那天您说要做的事太多，修女们做不过来，我当时就想能否让我过来帮忙呢，只要我能派上点儿用场，我是不在乎干什么的，您让我做什么都行，就算您让我去擦地板，我都会感激不尽。”

院长被凯蒂的话给逗乐了。她的情绪变化竟然如此迅速，凯蒂略感意外。

“不用擦地板，这些活儿孤儿们就可以做的。”院长略做沉思，亲切地看着凯蒂，“亲爱的孩子，你能陪丈夫一起来就足够了。很多妻子都不如你这么有勇气。至于其他的事情，怎么比得上你在瓦尔特忙碌一天回家后，让他享受家的安静和舒适更重要，那可是你最能胜任的工作了。相信我，他需要你付出全部的爱。”

院长看着她，在她的审视中夹杂着些许怀疑，凯蒂很难正视她的目光。

“在家里，我从早到晚都无事可做，”凯蒂说，“我总觉得，你们这里要做的事太多，一想到自己却闲得无事可做，我就觉得坐立不安。我不想惹人讨厌，也不想做个无用的人，我知道，我无权强求你的善意，但我说的都是真话，如果你能让我来帮帮忙，对我而言就是莫大的恩赐。”

“你的身子骨看上去很虚弱。前天你来看望我们，我们非常高兴。不过，我发现你的脸色很苍白，圣约瑟芙修女还以为你有孩子了！”

“不，没有的事！”凯蒂叫着否认，脸一下子红了。

院长清脆地笑了几声。

“这有什么好害羞的，我亲爱的孩子，这样的推测也不是没有可能。你们结婚多久了？”

“我的脸色虽然苍白，但身体却很结实。我能向您保证，我干得了累活儿，而且什么活儿都不怕，哪怕它又脏又累。”

这时院长完全恢复了往日的神态，无意间又露出常见的威仪。她朝凯蒂上上下下打量着，好像又重新认识了凯蒂。

“你会说中文吗？”

“不会。”凯蒂回答道。

“唉，这可有点儿遗憾了。本来我打算让你去照顾那些大孩子。现在事情倒有点儿难办了，如果语言不通的话，我担心她们会——这句话用英语怎么说来着，无法无天。”院长说完又似在思考。

“我可以帮修女们去做护理吗？我一点儿都不怕霍乱，我来照顾那些染病的小女孩儿或士兵吧。”

院长现在不笑了，她面色深沉地摇了摇头。

“你没见过霍乱是怎么回事，它非常可怕！医务室由那些士兵照应，我们也只需派一个修女做监督。至于照看那些女孩子……不，不，我相信你丈夫不会让你去的，那种场面太触目惊心了。”

“我会慢慢适应的。”

“不，这事没得商量！这些都是我们的职责，我们有特权做这种工作，不需要你去。”

“你让我感到自己毫无用处。很难相信，这里需要人手，竟然没有任何我能做的工作。”

“你跟你丈夫谈过吗？”

“谈过了。”

院长看着她，足足看了有那么一会儿，仿佛要看透她的心灵深处。但看到凯蒂态度诚恳，便又露出笑意。

“想必你是新教徒吧？”她问。

“是的。”

“这倒没关系。沃森先生，就是去世的那位传教士，也是新教中人，这没什么关系。他待我们简直太好了，我们都对他有深深的感激之情。”

凯蒂好像会意了什么，脸上掠过一丝笑容，但她没说什么。

院长想了一会儿，随后站起身来。

“你真是太好了。我想我能找点儿事情让你来做。圣弗朗西斯修女去世后，我们的确应付不过来这么多工作。你准备什么时候来？”

“现在！”

“太好了，我很高兴听你这么说。”

“我向您保证我会竭尽全力工作，我非常感谢您给了我这个机会。”

院长拉开会客室的门，正待出门时，犹豫了一下，她再次用锐利、机敏的目光打量了凯蒂一番。随后她把手轻轻搭在凯蒂的胳膊上。

“你知道吗，亲爱的孩子，一个人无论在工作还是在休息中，也无论在俗世还是在修道院，都无法找到安宁。安宁只存在于人的灵魂中。”

当凯蒂愣了一下的时候，院长已经走了出去。

四十九

在修道院里工作了一天，虽然比平常累些，却为凯蒂平淡的生活增添了活力。每天当太阳初升的时候，她已在赶往修道院的路上。当夕阳西下，金色晚霞染遍那条狭窄的河道及密匝匝的帆船时，她才回到平房的家中。院长安排她去照料较小的孩子。凯蒂的母亲把料理家务的本事从家乡利物浦带到伦敦，凯蒂虽说生性轻浮，但在这方面不光得到母亲真传，还天赋异禀，提起这些当年的事，她还自嘲过。她厨艺精湛，缝缝补补也是一把好手，她的专长显露出来后，院长做出专门安排，让她监管那些缝纫和缝补的工作。这些女孩子稍懂一点儿法语，凯蒂每天跟她们学几句中文，所以管理起来倒也没什么困难。有些时候，她还去照管年龄更小的孩子，不光要防止她们调皮捣蛋，还要帮她们穿衣、脱衣，照管她们睡觉休息。修道院里还有很多被遗弃的婴儿，主要由保姆照顾，但凯蒂也可以照看她们。这些琐事，没有凯蒂料想中那么难，她还希望能承担一些更重要的工作，她多次提出请求，但院长没理会她的请求。出于对院长的敬畏，她也没再纠缠。

刚开始，凯蒂对这些小女孩儿还有些反感，讨厌她们都身穿丑陋的衣服，长着一头硬硬的黑发，圆脸蛋黄黄的，还讨厌她们李子一般的黑眼睛。她记得第一次到访修道院时，那些丑陋的小家伙黏着院长，而院长温柔的表情使她的面容更加美好，她可不想屈服于自己内心狭隘的好恶。后来，不管哪个孩子因摔倒在地或是长牙哭闹个不停，她都会毫无忌惮地把她们搂在怀里，用温柔的话语安抚她们，虽然小家伙们听不懂她说的是什么，但是她用双臂搂抱着她们，用温柔的脸颊贴近那些哭泣的小脸蛋，即使语言不通也能给她们带来莫大的安慰。凯蒂最初的生疏感很快消失了，那些小家伙一点儿都不怕她，一有事就跑来找她。看到她们那么信任自己，凯蒂体会到一种特别的幸福感。那些年岁稍大的孩子也是这样，凯蒂教她们针线活儿，耐心地指导她们，时不时还要赞美她们，给她们带去鼓舞和快乐，凯蒂也会被她们的情绪感染。她觉得孩子们正逐渐喜欢她，心里既骄傲又自豪，反过来她也很喜欢这些孩子。

不过有一个孩子让凯蒂无法适应。这个女孩大约六岁，因脑积水影响了大脑发育，矮小的身躯顶着一个沉重的大脑袋，走道儿晃晃悠悠的，一双无神的大眼睛，嘴巴时不时地流着口水，还时不时地发出嘶哑的声音，也不知她不停地嘟囔着什么，这个小女孩儿让人嫌弃又厌恶。也不知是出于什么原因，这个傻孩子对凯蒂产生了强烈的依恋。偌大的房间，不管凯蒂走到哪儿，她都跟着她，还紧紧抓住她的裙子，把脏兮兮的脸贴在她的膝盖上来回蹭。她还想拉凯蒂的手，凯蒂看得浑身难受，躲开了。她知道这小女孩儿也渴望得到爱抚，可是无论如何，她都无法向她伸出双手。

有一次，凯蒂向圣约瑟芙修女提起这个孩子，感叹这孩子来世上走一遭真是遭罪。圣约瑟芙修女听了后，却带着微笑向这个残疾的孩子招手示意。孩子走到她的身旁，很自然地将胀鼓鼓的额头在修女的手上磨蹭着。

“可怜的小东西，”修女说，“她被送到这儿的时候，马上就要不行了。当时我恰好就在门口，上帝保佑，我一分钟也没耽搁，立刻给她施了洗礼。你可不知道，我们当时费了很大的力气才把她救活。有三四回我们都觉得，这个幼小的灵魂就要逃回天堂了。”

凯蒂沉默地听着，健谈的圣约瑟芙修女又聊起别的事。第二天，那个小女孩儿又走到凯蒂的身旁，想摸她的手。凯蒂鼓足勇气用手轻轻摸了摸小女孩儿光秃秃的大脑袋，还强迫自己笑了笑。没承想那孩子一反常态，突然转身离开了她，好像对凯蒂失去了兴趣。打那天起，她就再也不缠着凯蒂了。凯蒂不知道自己做错了什么，试图朝她微笑，招手示意她来到自己身边，可是那孩子对她的反应总是扭头走开，装作没看见她。

五十

修女们从早忙到晚，每天都忙得不可开交。只有在简陋不堪的礼拜堂做圣事时，凯蒂才有机会见到她们。她第一次来做礼拜的时候，只见那些女孩子按年龄大小依次坐在长凳上，她便坐在她们身后。院长经过时便停下来跟她说话。

“我们做礼拜的时候你大可不必过来，”她说，“你信奉的是新教，有自己的信仰。”

“我是心甘情愿来的，院长！我发现这里能让我内心安宁。”

院长神情凝重，朝她看了一会儿，严肃地点点头。

“你当然怎么选择都可以。我只是想让你明白，到这儿来做礼拜，并不是你的义务。”

凯蒂很快和圣约瑟芙修女保持了一种关系，两个人之间虽算不上亲密，但也是相当熟识的。圣约瑟芙修女掌管着修道院的财务，负责整个大家庭的吃穿用度，她整天忙得不可开交，她说，一天里只有专心祈祷的时候才有片刻的安宁。下午，凯蒂正陪着孩子们做针线活，圣约瑟芙修女高高兴兴地跑进来，说她累得不行了，整天忙得连一点儿空闲都没有，需要坐下来聊一会儿。趁院长不在的时候，圣约瑟芙修女说得眉飞色舞，她爱讲些笑话，也爱传播一些流言蜚语。凯蒂在她面前一点儿也不拘束，可以开心地跟她一起笑。修女的装束没有妨碍圣约瑟芙和善、朴实的妇女天性，她们谈得非常愉快。凯蒂毫无顾忌地说着糟糕的法语，一旦发觉错误，两人便相视大笑。圣约瑟芙修女每天还教她几句中国话。她出生在农民家庭，骨子里还保持着农民的秉性。

“我小时候还放过牛呢，”圣约瑟芙修女说，“跟当年圣女贞德一样。不过我太淘气了，肯定成不了贞德。我觉得我自己还是幸运的，因为要是我胡思乱想、故意捣蛋的话，父亲会用鞭子抽我的。过去这个善良的老头儿经常抽我，因为我太淘气了。现在回想起那时候鼓捣出来的恶作剧，我还是会脸红。”

看着眼前这个中年修女长得胖乎乎的，小的时候却是个任性的淘气包，凯蒂觉得很好笑。即使现在，她的身上还残存着一些单纯的孩子气，叫人不由自主地想亲近她。她浑身散发着秋日田野的芳香，犹如苹果树上挂满果实、田野里的庄稼收割入仓。她可不像院长，她没有圣徒般的悲怆与庄严的圣人气质，而是淳朴简单，心中充满快乐。

“你没想过再回家去看看，我的好姐妹？”凯蒂问。

“嗯，没想过，如果回家，再回来就太难了。我喜欢这儿的生活，喜欢和这些孩子在一起，我在这里过得很快活。她们内心善良，懂得感恩，做一个修女是件很美好的事情。可是话说回来，我也有母亲，是她把我哺育养大，让我终生难忘。母亲已经老了，要说以后再也不能见她一面，心里真感到难过。好在我的母亲很喜欢她的儿媳妇，我哥哥对母亲也很孝顺。我侄儿已经快长大了，农场里又多了一个壮劳力，他们会很高兴。我离开法国时，侄儿还小，不过当时看他那双手，长大后一定可以把一头牛放倒！”

在这个安静的房间里，凯蒂听圣约瑟芙修女闲聊着家事，几乎忘了围墙外霍乱正在疯狂蔓延。圣约瑟芙修女对瘟疫毫不在意，凯蒂深受感染。

圣约瑟芙修女对世界各地不同的民族有种天真的好奇心。她通过凯蒂了解伦敦，了解英国，问了这些地方的好多问题。她想象着英国是个大雾弥漫的国家，即使到了中午也伸手不见五指。她还问凯蒂是否参加过舞会，是不是住在豪华的大宅子里，有几个兄弟姐妹。她还经常提到瓦尔特。院长经常夸他了不起，修女们每天都要为他祈祷。凯蒂能有这样一位善良、勇敢、聪明的丈夫，是多么幸运哪。

五十一

健谈的圣约瑟芙修女总不免把话题扯到她崇拜的院长身上。从一开始凯蒂就意识到，这里到处都受到院长的影响。院长无疑受到这里的每个人的爱戴、钦佩，还有敬畏。尽管她待人很和善，但凯蒂总觉得自己在她面前就像个小学生。每次见到她，凯蒂都感到不踏实，有种局促感，这种感觉很奇怪，因为心中也充满了对她的敬畏。圣约瑟芙修女心直口快，她说院长的家世有多么显赫，她的祖先中有历史上重要的人物，欧洲半数国王都与她沾亲带故，西班牙的阿方索国王都在她父亲的领地上打过猎，他们家族名下的庄园遍布法国各地。院长能够舍弃家族的荣耀，离开如此高贵的家族的确很不容易。凯蒂愉快地听着，内心被深深地打动了。

“事实上，只要你看她一眼，”圣约瑟芙修女说，“就会明白，如此端庄贤淑，自然是名门望族之后了。”

“我很难忘记她那双手，那是我见过的最漂亮的手。”凯蒂说。

“嗯。不过你要知道她是怎么使用这双手的，什么脏活累活都干。她可是我们的好院长！”

刚来这个城市时，这里什么都没有，一切从零开始，是她们亲手建起了这座修道院，院长亲自设计，又亲自监督施工。自从到这里的那一天起，就开始拯救那些可怜的弃婴，她们有的被狠心的父母残忍地扔进了弃婴塔，有的被接生婆直接丢到野外。想当初，她们的房子连睡觉的床铺都没有，窗户上都没有玻璃。当时的情况简直是糟糕透了，圣约瑟芙修女回忆说，当时的条件简直是对身体的摧残。她们常常面对没钱的窘况，不能支付建房的工钱，甚至连便宜的食物都难以维持。她们的日子过得跟农民似的，圣约瑟芙修女想了想，当时院长是怎么说来着？她说，她们吃得连农民都不如，那些给她父亲干活的人，见了她们吃的东西都要扔去喂猪。在她们最困难的时候，院长就把这些修女聚集到身边，一起跪下来虔诚祷告，随后圣母马利亚就会送钱来了。到了第二天，邮递员就送来了一千法郎的汇单，要不就是她们跪在地上的时候，来个陌生人，还是个英国人（还是新教徒呢，你要是愿意这样想的话），甚至有中国人主动上门捐赠，送给她们必需的物品。有一次也是在她们最困难的时候，便集体对着仁慈的圣母马利亚庄严起誓：只要能保佑她们渡过难关，她们就熟背《九日经》，以此表达敬意。

“你能相信吗？就在第二天，那个风趣幽默的维丁顿先生来了，还说看我们的样子，一个个像是能吃下一大盘烤牛肉，又捐给我们一百美元。”

圣约瑟芙修女自顾自地大发感叹。

“多么有趣的小男人哪！你看他那脑袋光秃秃的，一双精明的小眼睛滴溜溜乱转，还有他说的笑话。我的上帝，他把法语都糟蹋成什么样子了，可你就是忍不住被他逗乐，他总是那么风趣。他在这场可怕的瘟疫当中总有一个好心情，一点儿也不慌乱，那样子就像在度假似的。他虽然是英国人，但除了发音外，简直跟法国人一样。有时他是故意把音发错，就是想逗人一乐。当然他的品行有点儿问题，不过那是他个人的私事（圣约瑟芙修女叹了口气，耸耸肩，又摇了摇头），更何况他还是个单身汉，年纪又不太大。”

“他的品行有什么问题吗？”凯蒂好奇地问。

“难道你不知道这事吗？从我嘴里说出来，简直就是罪过，我本不该说这种事。他跟一个中国女孩儿同居，更确切地说，还是个满族人。那个女的好像是个公主，被他迷得神魂颠倒。”

“真是想象不到！”凯蒂说。

“的确如此，我敢向你保证，这是千真万确。他犯下了非常邪恶的罪过，这种事是绝不该做的。你们俩第一次来修道院时，他不愿品尝我精心制作的玛德琳蛋糕。我们的院长不是说，满族人的饭菜把他的胃口都给惯坏了，她指的就是这件事，这也是你亲耳听到的，他当时还做了个鬼脸。这事还有个故事呢，说来十分离奇，好像当年爆发了革命，他正好在汉口驻扎，到处追杀满族人，好心的维丁顿救下一个大家族的命，这户人家和皇室沾亲带故。这家的一个女孩儿发疯般地爱上了他——嗯，后来的事情，你也能想到，维丁顿离开汉口的时候，这个女孩儿竟跟着他私奔了。无论去哪儿她都跟着维丁顿，他也只好收留她。可怜的家伙！我敢说他很喜欢她，她们是很迷人的，那些满族女人。唉，我这是乱说着什么，一大堆事情等着我，我却坐在这儿闲聊，我不是个好教徒，我真为自己害臊。”

五十二

一刻不停地忙碌分散了凯蒂的心思，她有一种奇怪的感觉，似乎自己正在成长，这种感觉占据心田，看着他人的生活，还有他人不同的人生见解，能激发她的想象。她重新振作起来，心情变得越来越好，身体也变得越来越强壮。她一度以为自己什么事都不会做，除了哭泣什么都干不好。她自己也感到惊讶甚至困惑，她发现自己时常为一些小事开怀大笑，渐渐认识到生活在这场可怕的瘟疫中心是件十分自然的事。她知道自己周围的人正挣扎在死亡线上，但她已不再多考虑这些。院长不准她踏入医疗室，可是那道紧闭的房门却激发了她的好奇心。她很想找机会上里面看一眼，可这样做难免被人发现，她不知道院长会怎么处罚她，要是被赶出修道院，那可就糟糕了。她现在全身心扑在孩子们的身上，如果走了，这些孩子会想她的。事实上，她也不清楚，要是没有她的话，这些孩子该怎么办。

有一天她突然意识到，自己有一个星期没有想过查理·汤森了，梦里也没梦到过他。她的心在狂跳，她痊愈了，她不会再为过去伤心不已。现在想起查理，她能冷漠地思量他，她已不再爱他。啊，她真的解脱了，这真是一种解放。回首当初她是多么充满激情地渴望着他，简直不可思议！他如此薄情寡义地甩了她，她以为自己就要活不下去了，以为生活除了痛苦再无其他。可现在，她已经能够为了一些小事情轻易地开怀大笑。真是分文不值的东西，她过去竟然让自己变得那么愚蠢。现在冷静下来想想查理，那时真不知道自己看上了他哪一点。幸亏维丁顿对此一无所知，不然的话，她可受不了他含沙射影的挖苦和嘲讽。她获得了解脱，她的心不再禁锢在过去的悲伤里，自由，彻底的自由，她几乎忍不住要让自己大笑起来。

孩子们正在吵闹着做游戏。平时她都习惯性地站在一旁，满脸溺爱地看着她们，只要她们不打起来，她可以宽容地看着她们顽皮。如果她们过于闹腾了，就适当地板着面孔管束一下，保证她们在嬉笑玩耍时不至于受伤。现在就不同了，她无法抑制自己的兴奋，仿佛自己也是个孩子，加入她们的游戏当中。这些小女孩儿很开心地跟她玩在一起，她们在屋子里追来追去，扯开嗓门尖声喊叫，欢喜得跟发了疯一般，一个个兴奋得直蹦高，吵闹声大得吓人。

突然门打开了，院长站在门口。凯蒂像做错了事一样，从十几个狂喊乱叫、纠缠不休的小女孩儿中间挣脱出来。

“你就是用这个方法让孩子们规规矩矩、保持安静的吗？”

院长问道，没有一丝责怪。

“我们在做游戏，院长，她们玩得太高兴了。都是我不对，是我带着她们瞎胡闹的。”

院长走进房间，孩子们照例围到她的身旁。她把手放在孩子们窄窄的肩膀上，开玩笑地揪一揪她们黄色的小耳朵。她用柔和的目光注视着凯蒂，凯蒂的脸红了，呼吸变得紧张，一双水灵灵的眼睛不知道要望到哪里去，一头美丽的秀发在嬉戏打闹中散乱着，那乱蓬蓬的样子尤为迷人。

“你真漂亮，我亲爱的孩子，”院长说，“任谁看你一眼，都会心生欢喜，怪不得这些孩子都喜欢你。”

凯蒂的脸臊得通红。她也不知道为什么，眼泪突然在眼眶里打转，她赶紧用双手捂住自己的脸。

“哎呀，院长，您太让我不好意思了。”

“好了，别犯傻。美丽也是上帝的赐予，它是人间最为珍贵的礼物之一。如果有幸拥有，我们应该心怀感激；如果我们没有，也要感谢他人的美貌让我们获得愉悦。”

院长又笑了笑，用手轻轻地碰了碰凯蒂柔嫩的脸颊，仿佛她也是个孩子。

五十三

自从来修道院工作，凯蒂就很少见到维丁顿了。有两三次，他曾赶到渡口来接她，两人一起走到山上。他进来喝杯威士忌加苏打水，但是很少留下来吃饭。不过有一个星期天，维丁顿提议，带着他俩郊游，带着午饭，乘坐轿子，去一座寺庙游览。这座寺庙位于城外十英里[①]的地方，是远近闻名的朝圣之地。院长坚持给凯蒂每周休一天假，星期天不用去修道院工作，瓦尔特忙于工作，只有维丁顿与她同行。

为了赶在酷热的中午前赶到寺庙，她和维丁顿一早就出发了。他们坐着轿子，穿行在稻田中狭窄的田埂上。他们时不时经过几处掩映在竹林中的农舍。凯蒂尽情享受着这悠闲自在的郊游，在城里关了这么久，眼下饱览着广阔的田园风光，让她高兴极了。在树林掩映中，寺院出现在眼前，只见错落有致的低矮房屋沿河而立。在僧人的引领下，他们穿过几座空寂肃穆的庭院，参观了几座寺庙殿堂，殿堂里供奉着面相各异的佛教众神。内殿里矗立着一尊佛陀塑像，佛像面容祥和，神情悲悯，若有所思又超然物外，嘴角边有着若有若无的笑意。这里到处弥散着衰败之气，华丽的外表年久失修，神像上布满灰尘，有的早已破损，创造它们的信念并于寂灭，久无信徒来此焚香祷告。这些和尚似乎逆来顺受，勉强留住在寺内，正等着搬离此地的通告下发。方丈彬彬有礼，笑容中带着听天由命的无奈。过不了几日，庙里的僧人就将离开这座绿荫掩映的宜人圣地各自散去。一座座摇摇欲坠、无人打理的庙堂将遭风雨侵蚀，被大自然所吞噬。野生的蔓草会缠上一尊尊被遗弃的神像，庭院会杂草丛生。此后，神便不再居留此地。

---

① 1 英里合 1.6093 公里。

五十四

凯蒂和维丁顿这时坐在一座小亭前的台阶上（亭子由四根红漆柱子支撑，高悬着一口黄铜大钟），望着缓慢流动的河水，河水拐过几道弯，流向被灾难侵蚀的城市，他们在这里能看见城墙上密布的垛口，酷热如柩衣一样笼罩着它。尽管河水十分平静，却仍能察觉它在缓慢流动，远远望去，使人感到世事无常的忧伤。一切都过去了，它们又会留下什么痕迹？凯蒂在想，所有的人，包括全人类，就像这条河里的水滴一样不住地向前流淌，一滴滴彼此接近，却又相隔遥远，汇成一条无名的巨流，最终注入大海。既然万事万物皆转瞬即逝，一切都是那么短暂，世人为何还要对那些微不足道的事情斤斤计较，让自己也让别人变得那么不愉快？这实在是太可悲了。

“你知道哈灵顿这个公园吗？”凯蒂闪动着一双美丽的眼睛含着笑问维丁顿。

“不知道，怎么啦？”

“没什么。离这里很远，我的家人就住在那儿。”

“你想家了？”

“没有。”

“再过两个月，我想你就能离开这儿了。瘟疫发病的势头正在减弱，天气转凉后，这场灾难就该结束了。”

“我有点儿舍不得走呢。”

有那么一刻凯蒂想到了将来。她还不清楚瓦尔特有什么计划，他什么都不对她说。他冷漠、有礼貌、沉默，看不透他在想什么。他们俩就像这河中的两滴水，正向着陌生的世界悄无声息地流去。这两滴水相对而言是那么独特有个性，在旁人看来，却是这河水非常普通的组成部分。

“当心那些修女，别让她们改变了你的信仰。”维丁顿说道，一副嬉皮笑脸的模样，透着坏劲儿。

“她们太忙了，没时间顾得上这个，再说，她们也不在乎你信什么教，她们都是那么好，那么善良，可都是一等一的大好人。不过，我不知道该怎么说，我和她们之间仍然隔着一堵墙，但我不清楚这堵墙意味着什么。她们好像拥有某种神秘的力量，能让生活变得更有意义，而我却没有这种力量。这不是信仰的问题，而是某种更加深层的东西，更有价值的东西。她们生活在一个不同于我们的世界。在她们眼里，我们都是陌路人。每天下班后修道院的大门在我身后关上，我就有一种感觉，对她们来说，我在她们眼里就已经不存在了。”

“这股神秘的力量伤了你的自尊心吧？”他语气讥讽地回应道。

“我的自尊心？”

凯蒂耸了耸肩膀，随后苦涩地笑了笑，慢慢转头看向他。

“你为什么不说跟满族公主同居的事？”凯蒂毫不示弱地说。

“这些多嘴多舌的老婆子，她们都跟你胡说了些什么？我敢说，讨论海关官员的私生活也是一种罪过。”

“何必这么大惊小怪嘛。”

维丁顿低下头，目光朝向一侧，一副神秘的样子。也学着凯蒂耸了耸肩膀。

“这种事没什么好张扬的。我不知道这能否大大增加我的晋升机会。”

“你很喜欢她吗？”

他抬头看了看，一张难看的小脸露出孩子般淘气的表情。

“她为了跟着我，抛弃了一切，她的父母、她的家，还有安稳的生活，还有自尊。自从她义无反顾地跟着我，已经好多年了。有那么两三回，我都把她送走了，可她还是跑了回来。我自己也从她身边溜掉过，可她还能把我找到。现在这种白费力气的事儿我再也不想做了，我这后半辈子只好跟她过了。”

“她一定痴情地爱着你。”

“要我说，这种情感真是十分古怪。”他回答说，紧皱起了眉头，“如果我抛弃她，她保不准要寻短见，对于这一点，我一点儿都不怀疑。这倒不是因为她爱我，而是因为没有我她便不愿活下去。这是一种很奇怪的感觉，对每个人来说这种感觉多少都会有些意义。”

“可重要的是两个人相爱，而不是被爱。一个人独自爱另一个人，那个被爱的人甚至都不会感激他。要是一个人不爱他，那他的爱只会招人厌烦。有些人被人爱着，却不知道心怀感激。”

“我不知道相爱是什么感觉，”他回应道，“我的爱只是单方面的。”

“她真是一位公主吗？”

“才不是呢。那是修女们浪漫式的说法。她出身满族贵族，闹革命期间，这个家族不幸被毁灭了。虽说她不是公主，但很有大家闺秀风范。”

他的语气里明显带着一种自豪感，凯蒂的眼里便闪过一丝笑意。

“那么，你愿意后半生待在这里？”

“待在中国？是的，离开中国，那她怎么办呢？等我退休后，我就在北京置办一处四合院，在那儿了此余生。”

“你们有孩子吗？”

“没有。”

凯蒂用好奇的眼神看着他。真是怪事，一个异族女孩儿竟然如此死心塌地爱上了这个秃顶丑陋的矮男人。维丁顿说起这个女孩子，显得漫不经心，说不清楚为什么，从他说起她的态度中凯蒂感受到了那位女孩儿不同寻常的付出，那浓烈忠贞的爱情，在凯蒂内心深处荡起了波澜。

“这里似乎离哈灵顿公园太遥远。”她蓦然笑着。

“怎么说起这个来了？”

“我也不知道为什么。生活是多么奇特，我感觉自己先是在小河边生活了大半辈子，接着在突然间看到了汪洋大海。它让我激动得喘不过气来，但心里又充满喜悦。我不想死，我要活下去，于是感到新的勇气。我就好比那些水手，正在探寻一片不为人知的海域，我的灵魂渴求未知的世界。”

维丁顿若有所思地看着凯蒂，而凯蒂心不在焉地望着那条平静如镜的河面。两个小水滴悄无声息地流着，悄无声息地流向了无边而永恒的大海。

“我能拜访那位满族女孩儿吗？”凯蒂突然抬起头问道。

“她一句英语也不会说。”

“你一直对我不错。你为我做了那么多的事，帮了我很多忙，或许我能用自己的态度告诉她，我对她是友好的。”

维丁顿吝啬地笑了两声，那笑中还透出嘲弄。

“哪天我去接你，她会给你端上一杯茉莉花茶。”

凯蒂不会告诉维丁顿，从一开始，这个异国爱情故事便激发了她的好奇心，那位满族公主已经变成了某种象征，隐隐约约又坚持不懈地召唤着她。她要义无反顾地朝着那块神秘的精神圣地进发。

五十五

一两天后，发生了让凯蒂意想不到的事。

那天她像往常一样来到了修道院，着手做每天要做的事情，给孩子们洗漱穿衣。由于修女们习惯了夜晚关窗睡觉，宿舍内的空气总显得污浊憋闷。凯蒂一早上从空气清新的外面走进孩子们的宿舍，先把窗户打开，把外面的新鲜空气放进来。可是那天，她突然感到不舒服，头晕目眩，恶心不已。她在打开的窗户旁尽力让自己恢复镇定，她从来没有像这样不舒服过。不一会儿，她感到一阵强烈的反胃，便大口呕吐起来。她发出的声音，把孩子们都给吓坏了。平时给她帮忙的那个大一点儿的孩子赶紧跑过来，看到她脸色煞白，浑身在发抖，突然止住脚步，大声喊出：“霍乱！”这念头在凯蒂的脑海中一闪而过。随后，濒临死亡的感觉遍布全身，她不禁感到恐惧。她挣扎着，抵抗那让人无法忍受的恶魔，它却似乎顺着她的血管流遍全身，一阵难受袭来，她便什么都不知道了。

等凯蒂苏醒过来，她还不清楚自己身在何处，好像躺在地板上。她微微动了动头，发觉下面垫着枕头。她什么都不记得了。院长跪在她的身旁，把盐举到她的鼻子前。圣约瑟芙修女也站在一旁看着她。这时，那个可怕的念头又浮现在脑海中：霍乱！她在修女们的脸上看到了惊慌的神色。圣约瑟芙修女显得身形高大，往日的笑容已不见。恐惧再次袭上她的心头。

“唉，院长，院长，”她难过地说，“我是不是快要死了？我不想死。”

“别紧张，你不会死的。”院长说。

院长神情自若地安慰她，眼睛里甚至带有几分喜悦。

“可是我染上了霍乱，瓦尔特在哪儿？去把他叫来吧，院长，院长。”

凯蒂伤心地哭起来。院长伸过一只手，凯蒂一把抓住，像抓住救命稻草似的，紧紧握住。

“好了，好了，亲爱的孩子，别犯傻了，你没有染上霍乱，也没有生病。”

“瓦尔特在哪儿？”

“你丈夫实在太忙，不好打扰他了。再过五分钟，你就没事了。”

凯蒂意外地看着院长。自己身染霍乱，院长竟如此镇定自若？这也未免太冷漠无情了吧。

“你需要安安静静地休息一会儿，”院长说，“一切都会好的，不要担心。”

凯蒂的心七上八下的。她成天与霍乱打交道，还以为自己不会染上。唉，她真是太大意了！她知道自己快要死了，心中很害怕。孩子们这时搬来一把长长的藤条椅，把它放在窗户旁。

“好了，我们扶你起来，”院长说，“躺到藤条椅上你会更舒服些。现在能站起来吗？”

院长用双手托在凯蒂的腋下从后面抬起她，圣约瑟芙修女又在旁扶着她站起来。她有气无力地倒在椅子上。

“我还是把窗户关上吧，”圣约瑟芙修女说，“清晨的空气对她不好。”

“不要，”凯蒂忙说，“还是让它开着吧。”

望着窗外的蓝天白云，她恢复了理智。她受了惊吓，身体还在颤抖，但心情好多了。两位修女默默地看了她一会儿，圣约瑟芙修女对院长说了些什么，凯蒂没有听懂。随后，院长坐到椅子旁，拉住她的手：“听我说，亲爱的孩子……”

院长问了一两个问题，凯蒂做了回答，但不知道有什么关系。她的嘴唇抖得厉害，几乎连话都说不清。

“没什么可疑问的了，”圣约瑟芙修女说，“这种事瞒不过我的眼睛。”

圣约瑟芙修女轻轻地笑了起来，凯蒂看出她很高兴的样子，心情还很激动。院长依然握着凯蒂的手，脸上露出柔和的微笑。

“这种事圣约瑟芙修女比我更有经验，亲爱的孩子，她一眼就看出你是怎么回事了。显然，她的判断是正确的。”

“到底是什么情况？”凯蒂焦急地问道。

“这还用问吗，难道你都没有想过会出现这种情况？你怀孕了，亲爱的孩子。”

凯蒂听后大张着嘴，浑身又在抖着。她双脚朝地上一蹬，激动得都要跳起来。

“躺下别动，躺下别动。”院长急忙说。

凯蒂的脸腾地红了，随即用双手捂住胸口。

“这不可能，这不是真的。”

“她说什么？”圣约瑟芙修女没有听懂。

院长替她翻译，圣约瑟芙修女宽阔朴实的脸上兴奋得泛出红光。

“一点儿都不会错，我可以用我的名誉担保。”

“你们结婚多长时间了，我的孩子？”院长问，“没什么可大惊小怪的。我嫂子像你结婚这么长时间时，都生过两个孩子了。”

凯蒂躺回到长椅上，心如死灰。

“我感到十分羞愧。”她小声说。

“难道是因为怀孕吗？为什么？还有什么比结婚生孩子更自然的事情吗？”

“费恩医生听到这件事，一定会很高兴。”圣约瑟芙修女说。

“是的，你丈夫知道后，会感到多么幸福，他一定是欢喜得不得了。你看看他平时和孩子们在一起的样子，还有和孩子们玩耍时的表情，他要是有了自己的孩子，一定会高兴得发狂。”

有好一会儿凯蒂没有说话。两位修女在旁边守着她，院长的手抚摩着她的手，一刻也没有离开。

“以前从没想到过，我真是太傻了，”凯蒂说，“不管怎么说，我很高兴不是霍乱。我现在好多了，我要去工作了。”

“今天就不工作了，亲爱的孩子。你刚才晕倒过，最好回家休息。”

“不，不，我想待在这儿工作。”

“那可不行，如果让你鲁莽行事，我怎么向我们优秀的费恩医生交代呢？如果你想要工作，那就明天或后天再来，但今天你需要静养。我会派人雇顶轿子过来，要不要我叫个女孩儿陪你回去？”

“不，不用了，我一个人就行。”

五十六

凯蒂在床上躺着，百叶窗早已关上。午饭后，仆人们都去休息了。早上发生的事情使她知道自己怀孕了（眼下这肯定是真的），心中感到惊慌。回家后，她一直思考着这件事，但脑子里一片空白，怎么也理不清头绪。突然，她听到一阵脚步声，那是皮靴走路的声音，不可能是男仆。她意识到这个人只能是她的丈夫。瓦尔特走进客厅，凯蒂听见他叫了她一声，但她没有吱声。静静地过了一会儿，她听见了敲门声。

“谁？”

“我能进来吗？”

凯蒂从床上坐起来，穿上一件睡袍。

“进来吧。”

瓦尔特推门而入，她很庆幸百叶窗关着，他看不清她的脸。

“我想我没把你吵醒吧，我敲门非常非常轻。”

“我没有睡着。”

瓦尔特走到窗户边，打开百叶窗，温暖的阳光立刻照进了房间。

“有什么事吗？”凯蒂问，“怎么这么早就回来了？”

“修女们说，你身体很不舒服，我想，我最好回家一趟，看看你怎么样了。”

一阵愤怒掠过她的全身。

“要是我染上霍乱，你会说什么呢？”

“如果染上霍乱的话，今天早上你就没法回家了。”

凯蒂从床上站起来走到梳妆台旁，拿起梳子，梳着自己的乱发，为了争取点儿时间让自己稳定下来。头发梳好后，她坐了下来，点上一支烟。

“今天早上，我身体很不舒服，院长认为我最好回家休息。现在，我感觉好多了。明天可以照常去修道院 。”

“身体到底怎么了？”

“她们没告诉你吗？”

“没有，院长说你会亲口告诉我。”

瓦尔特盯着她的脸，他现在的样子平时很少见。不过从神情来看，他的职业本能要比作为丈夫的关切更强烈，她犹豫了一会儿，然后强迫自己与他的目光对视。

“我要生孩子了。”凯蒂说。

当她说出一句本该会引发惊叹的话，瓦尔特却习惯性地以沉默相对，这在她都已习惯了，但是从没像今天这么难受。瓦尔特站在原地，什么也不说，什么也不做，脸上和那双眼睛的神色没有任何变化，他听见了，却没有任何反应。凯蒂突然想哭，如果丈夫爱他的妻子，妻子也爱丈夫，在这样的时刻，他们应该兴奋地抱在一起。沉默让人无法忍受，她耐不住了。

“我以前没有注意到这件事，我太蠢了。但是……出于种种原因……”

“多长时间了？估计什么时候分娩？”

这些话似乎是很艰难地从他嘴里说出来的。凯蒂觉得他的喉咙跟自己的嗓子一样干。更可恶的是，她说话时嘴唇都抖得不行。只要他不是铁石心肠的人，这时候总该引起他的同情。

“我想有两三个月了吧。”

“我是孩子的父亲吗？”

她倒吸了一口凉气。瓦尔特的声音微微有些发抖。他一向冷静克制，一丝一毫的情感流露反倒让人感到心悸，这可不是什么好事呀。不知道为什么，她突然想到以前在香港见过一件仪器，上面有一根指针，只要这根针轻轻动一下，那就代表千里之外发生了地震，上千人就会死于这场地震。她看着瓦尔特，他面如死灰，这种苍白她见过一两次。瓦尔特低下头，眼睛斜向一边，重复了一声。

“是吗？”

凯蒂握紧了双手，她心里清楚，如果这个时候她要说“是”的话，对他来说就是一个新的世界来临了。他会相信她的，他当然想相信她，这是他一直以来的愿望，然后她就能得到他的原谅。她知道他的柔情有多深，他又是多么愿意使用它，尽管他会为此害羞得不行。她知道他没有报复心，如果她能给他一个借口，一个能够打动他的借口，那他就会原谅她，彻底地原谅她。他绝不会将过去的错误归咎在她身上，在这一点上她是相信他的。或许他很残酷、冷漠又病态，却既不卑鄙也不狭隘。如果她说“是”，一切都可以改变。

再说，她现在迫切需要别人的同情。意外地获悉自己怀孕的消息，她的心里充满了奇怪的希望和莫名的渴望，这两样东西让她不知所措。她感到软弱，又有点儿害怕，这种孤独没有任何朋友可以分担。尽管她不喜欢母亲，而且很少会想到母亲，但早上发生的事使她突然想到了母亲，想要回到她身边，需要她的安慰和帮助。她不爱瓦尔特，她心里明白，自己永远都不会爱上他，可此时此刻，她却全身心地渴望瓦尔特能把她搂在怀中，她可以把头依偎在他的胸前，这样紧贴着他，让她能痛快地哭上一会儿。她想让他吻她，她就能伸出手臂缠绕在他的身上。

凯蒂开始哭起来。她撒了那么多谎，再撒一个也轻而易举，若能成全好事，多撒个谎又能怎样？谎言，谎言，谎言是什么？说一个“是”是多么容易。她看见了瓦尔特的眼神温和下来，朝她伸开双臂。可是她说不出口，不知道为什么，就是说不出口。

在经历过这几个星期的苦难后，那么多的人和事：看清了查理的冷漠无情，见识了霍乱和垂死的人们，那些修女，还有那个滑稽的矮个子酒鬼维丁顿，这一切都使她发生了改变，甚至连她自己都不相信。虽然她的内心深受触动，但她灵魂深处有位好奇的旁观者，正惊恐地望着她。她必须把真相说出来，撒谎并不值得。她的思绪在毫无目的地飘荡着。突然，她想到了墙角下死去的那个乞丐。她怎么会想到那个乞丐呢？她不再抽泣，可是眼泪还是顺着脸颊流下来。最后，她终于回答了那个问题。

“我不知道。”她说。

瓦尔特勉强一笑，凯蒂不寒而栗。

“这很尴尬，对吧？”他说。

他的回应符合他的性格，一点儿也不出乎凯蒂意料，但也让她的心沉了下去。她想知道，瓦尔特是否意识到，对她来说说真话多么困难哪，要经过思想的斗争（与此同时，她也意识到，这么做也不困难，而是必然的），他是否会为她说真话的勇气表示赞赏。她的回答是，“我不知道”。“我不知道”，这个回答像锤子一样叮当作响，要后悔想收回来已经不可能了。她从手提包里掏出手绢，擦干了眼泪，两人都没再说话。她床边的桌子上放着一根虹吸管，他去为她倒水。水来了，他为她端杯子，让她喝，这时她才注意到他有多瘦。以前他的手有多好看，纤细修长，现在瘦得皮包骨，还微微地抖动着。他能够控制自己的表情，但手却出卖了他。

“别介意我哭，”她说，“说真的这没什么，我只是控制不住自己的眼泪。”

她喝完水，他把杯子放了回去。他坐到一把椅子上，点上一根烟，随后轻轻叹了口气。她曾听过几次这样的叹息，每次都让她揪心。现在她看着他，看着他茫然地看着窗外，凯蒂吃惊于自己竟然没有注意到仅仅几个星期他已经瘦成这样：太阳穴凹陷了下去，颧骨在脸颊上高高地凸了起来，过去穿的衣服现在在他身上松松垮垮地垂下来，好像穿着别人的大号衣服；脸晒黑了，黑得苍白，整个人看上去疲惫不堪。他的工作太辛苦，几乎到了废寝忘食的地步。她在悲伤和恐惧中忍不住同情起他来。她什么都为他做不了，她不忍心继续想下去。

瓦尔特用手捂住额头，似乎在头痛。刚才的那句话，是否也在敲打着他的脑袋，“我不知道”，“我不知道”。奇怪的是，这个郁郁寡欢、冷漠而腼腆的男人竟然会对那些幼儿有着天然的感情，大多数男人甚至对自己的孩子都不太在乎。修女们不止一次提到他，她们不仅受到感动，而且觉得有趣。他对这些中国女婴都如此喜爱，对自己的孩子又会如何？凯蒂咬紧嘴唇，不想让自己再哭出来。

瓦尔特看了看手表。

“恐怕我得回城里去了，我今天有很多事情要做，你……一个人能行吗？”

“嗯，没事，不用为我担心。”

“我想，你晚上最好不要等我，我也许很晚才能回来。我会在虞上校那儿弄点儿东西吃。”

“好吧。”

他站起身。

“如果我是你的话，我今天就什么都不做。你最好放松些。我走之前你还需要我做什么吗？”

“没有了，谢谢你，我会很快没事的。”

他不放心地停顿了片刻，随后，突然拿起帽子，没再看她一眼，径直走出房间。她听见他穿过庭院的脚步声，感到一阵可怕的孤独感袭来，现在没必要约束自己了，她放开感情的闸门，任由泪水倾泻而出。

五十七

到了夜晚天气还闷热得很。凯蒂坐在窗户前，远望河那边，在星光的掩映下，只见庙宇的屋顶灰蒙蒙一片。瓦尔特终于回来了。凯蒂哭得眼皮发沉，此时已经镇定下来。尽管发生的事情让她饱受折磨，但由于体力耗尽，她显得异样的平静。

“我以为你已经睡了。”瓦尔特进屋后说道。

“我没睡，坐在这儿还凉快些。你吃过晚饭了吗？”

“吃得还不错。”

瓦尔特在狭长的房间里来回走着，显然是有话要跟她说。她知道他一时还羞于开口，她也不急，耐心地等着他鼓起勇气来。瓦尔特突然开口了。

“你跟我说的事，下午我一直在思考，我觉得你最好离开这个地方。我已经和虞上校谈过了，他答应派一队士兵护送你。你可以把女佣带上，这样在路上也不会有事。”

“我能去哪儿呢？”

“去你母亲那儿。”

“你觉得她会愿意见到我吗？”

他停顿了一会儿，显然没有下定决心，一副若有所思的样子。

“那你到香港去。”

“我去那儿做什么呢？”

“你需要得到悉心照料，要是让你留在这儿，那是很不安全的。”

他无法掩藏脸上掠过的一丝笑意，这是苦涩的微笑。她朝瓦尔特看了一眼，差一点儿笑出声来。

“我不明白，你为什么如此担心我的安全呢？”

他走到窗前，透过窗口看着窗外的夜色，在晴朗无云的夜空中，还从来没有看到过这么多星星。

“这里不是你现在这种情况的女人应该待的地方。”

她看着瓦尔特的背影，只见他衣着单薄，在夜色的反衬下，全身发白。他优雅的侧影透着凶险，但说来奇怪，此时此刻她并不感到害怕。

“当初你坚持让我到这儿来是不是想要我的命？”她突然问道。

过了良久，瓦尔特也没有回答，凯蒂以为他是故意装作没听到。“一开始是。”

她的心头还是被激了一下。瓦尔特第一次承认了真实意图，可是她并不记恨他，这连她自己也觉得惊讶。这里面有种钦佩，同时又觉得他有点儿玩味。不知为何，她却突然恨起了查理·汤森。眼下看来，这个家伙不过是个卑鄙无耻的大浑蛋。

“你那么做是可怕的冒险，”她回应道，“你那敏感的良知让我怀疑我真的死在这儿你会不会原谅自己？”

“好在你没有死，而且活得很好。”

“是的，我还从未感觉像现在过得这么好过。”

她本能地想让他放松心态宽宥自己。无论怎样，他们俩经历了那么多，又身处这恐怖凄凉的地方，实在不该把过去不愉快的事情看得那么重。当死神近在身旁，像农夫挖土豆一样轻而易举地带走一条条生命，这种时候还去在乎那些脏污了自己身子的事情，实在是不明智。她多么希望瓦尔特能够明白，查理这种人不足挂齿，现在让她回忆起查理的相貌来，她都勾勒不出他的模样了。她对查理的爱已经消失了，她已经对查理没有感觉了，跟他在一起做的那些事情也就丧失了意义。她已经收了心，委身于人的事情又何足挂齿。她真想对瓦尔特说：“你听好了，你不觉得我们这么长时间一直在犯傻吗？我们就像孩子般互相生闷气，难道不能让我们友好相待吗？不能因为我们没有爱情，就做不成朋友。”

瓦尔特一动不动地站在那里，灯光让他那张冷漠的脸白得更加吓人。她不能相信他，如果她说错了什么，他就会摆出一副冰冷严肃的面孔来对待她。她现在总算明白了，她对他的极度敏感有了了解，他那尖酸刻薄与冷嘲热讽是一种敏感的自我保护。如果他的情感受到伤害，他就迅速把内心封闭起来。她有时会为瓦尔特这种愚蠢而恼怒，伤害他的无疑是虚荣心，她隐约感到，这种伤害最难愈合。男人都很奇怪，把妻子的忠贞看得比什么都重。当初她与查理私会交往，希望能获得全然不同的感觉，让自己变成另外一个女人，可是事与愿违，除了精神上感觉安宁、活泼了点儿，她和从前一样还是老样子。她现在多么希望自己能对瓦尔特说，这个孩子是他的。这句谎话对她来说算不得什么，但是对他而言将无疑是巨大的安慰。再说这也不一定是谎言。可笑的是，她心里的某种东西不允许她这么做。男人真是愚不可及！在繁衍生命的过程中，他们所发挥的作用是多么微不足道，倒是女人们怀着孩子，历经数个漫长而不舒服的月份，最终还要在剧痛中将孩子生下来。而男人仅仅与女人有过短暂的房事就要提出如此荒唐可笑的要求。孩子亲生与否，对他们来说真的很重要吗？凯蒂的思绪开始飘到了将要诞生的孩子身上。她想着这个孩子，既不是因为心存怜爱，也不是发自初为人母的天性，而是出于毫无来由的好奇心。

“我希望你还是把这事儿再好好考虑一下吧。”瓦尔特打破长时间的沉默说道。

“还考虑什么？”

他将身子侧过来，解释道：

“考虑一下什么时候走哇。”

“可我不想走。”

“为什么不想走？”

“我很喜欢修道院里的工作，我也在发挥一点儿作用。只要你不走，我就不走。”

“我应该告诉你，以你目前的身体状况，很有可能染上疫病的。”

“我喜欢你说话慎重的样子。”她微笑着说道，语带讥讽。

“你想留在这儿，不会是因为我吧？”

她迟疑片刻。瓦尔特并不知道，此刻他在她的心中所激起的最强烈、最意想不到的情感竟然是遗憾。

“当然不是，因为你不爱我，我经常想，我让你厌烦透了。”

“为了几个古板乏味的修女和一群中国小孩儿，你倒是挺卖力的。”

她的双唇露出一丝笑意。

“只因为你对我做了错误的判断，你就那么瞧不起我，我认为这实在是有失公平。你的判断如此愚蠢，那就不是我的问题了。”

“要是你决定留下来，你也有权这么做。”

“很抱歉，没能让你一展绅士风度。”她发现想要好好跟他说话已经很难，“其实，你说得很对。我想留下来不仅仅是为了那些孤儿。知道吗，我处在一个十分尴尬的位置，这个世界上，我连一个依靠的人都没有，连一个不觉得我烦的人都不认识，连一个关心我是死是活的人都不认识。”

瓦尔特皱起了眉头，但他并没有生气。

“我们把事情弄得一团糟了，对不对？”他说。

“你还想和我离婚吗？我觉得我早就不在乎了。”

“你一定知道，我带你到这儿来，就已经原谅了你的过错。”

“我不知道，你看，我对出轨这类事没有研究。将来离开这儿，我们该怎么办呢？我们还会生活在一起吗？”

“噢，你不觉得，我们可以把这些事情交给未来做决定？”

他的声音带着死一般的疲惫。

五十八

两三天后，维丁顿到修道院去接凯蒂（因为她不愿在家休息，第二天就开始工作）。他兑现此前的诺言，带着凯蒂到她的满族女孩儿那儿喝茶品茗。凯蒂后来不止一次到维丁顿的家中吃饭。他住在一栋外墙被刷成白漆的四四方方的楼房里，显得矫揉造作，跟海关为其所有员工在中国建造的房子一样。餐厅与客厅都装饰着整洁、厚实的家具，瞧上去既像办公室，又像宾馆，但怎么看都不像是住所。在这里住的官员来了一批，又走了一批，只是把这儿当作临时住处。来到这种地方，你永远都不会想到，楼上端坐着一位既神秘又富有浪漫色彩的女子。他们登上一段楼梯后，维丁顿打开一扇门。凯蒂走进这个大房间，里面家具不多，粉白的墙壁上挂着各式各样的书画卷轴。黑檀木的桌椅精雕细刻着大量的雕饰，方桌前那位满族女孩儿正端坐在一把高背扶手椅上。凯蒂和维丁顿进屋时，她站了起来，但没移步上前。

“这就是她。”维丁顿说完，又用中国话跟她说了什么。

凯蒂上前跟她握手问好。她身穿一件绣花旗袍，显得身段修长，个头儿比凯蒂熟悉的中国南方人明显要高。她的上身套着一件淡绿色的真丝上衣，窄窄的袖子长及手腕。一头细心盘整的黑发，上面戴着满族特有的头饰。她的脸上打着粉底，脸颊上涂着一层厚厚的胭脂，修剪过的眉毛宛如一条细长的黑线，嘴唇涂得鲜红。在这张精心修饰的面孔上，一对微微斜视且又黑又大的眼睛炯炯有神，犹如两块流转的黑玉。她端庄的样子更像是一个人偶，而不是一个寻常女子。她举止缓慢而从容，有大家闺秀的风范，在凯蒂的眼里，她还是略有紧张，又有对异国女子的好奇心。维丁顿在介绍凯蒂的时候，她用眼睛看着凯蒂，一连点了两三次头。凯蒂留意到她的那双手，这双手出奇地纤细修长，犹如象牙一般，精巧的指甲上还涂着好看的油彩。凯蒂觉得自己从未见过如此柔美、优雅的双手，让人想到那一定是源自多年的修养。

她话不多，但声音尖细，如同果园里清脆悦耳的鸟鸣声。维丁顿为凯蒂做着翻译，说她很高兴见到凯蒂，还问凯蒂多大年纪，育有几个孩子。他们分坐在那张八仙桌旁的三把高背椅子上。这时男仆端上来几碗茶，散发着茉莉花淡淡的芳香。那位满族女孩儿递给凯蒂一个绿色锡盒，里面是“三城堡”牌的香烟。这个大房间，除了那张八仙桌和椅子外，还有一张宽大的床铺，上面有一只绣花枕头，还有两个檀木柜子，除此之外便没别的家具了。

“她整日在家，都做些什么呢？”凯蒂问。

“她喜欢画画，有时候也写写诗，但大部分时间她都干坐着。她偶尔抽点儿大烟，但还算节制。幸好是这样，因为我的职责之一就是禁止鸦片贸易。”

“你抽大烟吗？”凯蒂问。

“很少抽。不瞒你说，我更喜欢威士忌。”

房间里弥漫着一股刺鼻的气味，但不那么难闻，而且很特别，带着异国情调。

“请告诉她，我很抱歉不能和她直接交谈，否则，我们俩会有说不完的话。”

满族女孩儿听过翻译后，迅速朝凯蒂看了一眼，眼神里透着一丝会意的微笑。她穿着那身美丽的衣服，落落大方地坐在那儿，显得端庄迷人。浓妆艳抹的脸上一双眼睛机警又沉稳，显得深不可测。她不像是生活在现实中，而像是生活在画中。她的典雅高贵的礼仪让凯蒂感到自己的笨拙。命运将凯蒂仓促地带到中国，对中国的关注还是比较片面的，多少还有那么点儿鄙视，她接触到的人也都跟她的情形差不多。此时此刻，她似乎感受到源自遥远而神秘的力量，那就是东方，它古老、玄奥、深邃。与她从满族女孩儿身上看到的理想和信念相比，西方的信念和理想显得野蛮粗糙。两者是全然不同的生活，分属两个不同的维度。凯蒂有一种新的认识，自从见到她，那施了浓重粉黛的脸，略斜和机警的眼睛，让她感知的日常生活的艰辛和苦痛一律显得荒唐可笑，敷彩的面具下，似乎隐藏着丰富、渊博、意义重大的真知灼见，修长、柔嫩的尖细手指握着一把未解之谜的钥匙。

“她每天都在思考什么？”凯蒂问。

“什么都没想。”维丁顿笑道。

“她美得像画，告诉她，我从没见过这么漂亮的手。我都怀疑，她到底看上你什么了？”

维丁顿很得意地笑着，翻译了她的问题。

“她说我人很好。”

“就好像一个女人是因为男人的美德才爱上他似的。”凯蒂打趣道。

与他们的谈笑相比，那个满族女孩儿只笑过一次。当时，凯蒂为了寻找话题，对她佩戴的玉镯赞不绝口。满族女孩儿把镯子摘了下来，凯蒂试着戴到自己的手腕上，尽管她的手也小，但手镯就是戴不进去。满族女孩儿见此情景，如同孩子般咯咯地笑了起来。她用中文对维丁顿说着什么，之后把家里的女佣叫了过来，对着女佣吩咐了几句。不一会儿，女佣就拿来一双非常漂亮的满族女鞋。

“要是你能穿上，她就送给你，”维丁顿说，“在卧室里当拖鞋穿也很不错。”

“我试了，很合脚。”凯蒂满意地说道，但是她却注意到维丁顿一脸坏笑。

“她穿着是不是很大？”凯蒂又立马问道。

“大了好几里。”

凯蒂前仰后合地笑起来，维丁顿翻译后，满族女孩儿和女佣也都笑开了。

过了一会儿，告别了那位满族女孩儿，维丁顿送凯蒂向山上走去。凯蒂笑着扭头看维丁顿。

“你从来都没跟我说过，你非常爱她。”

“为什么这么说呢？”

“我从你的眼神里看到的。这种爱很奇怪，这样的爱倒像是爱着一个幻影，一场梦。男人们都是不可捉摸的。我原以为，你跟其他男人没什么不同，现在发现我一点儿都不了解你。”

他们快到凯蒂家的平房时，维丁顿突然问道：

“你为什么会想到要见她呢？”

凯蒂犹豫了片刻，好像思考了一阵儿，随后做出了回答。

“我一直在寻找某种东西，但我不知道它具体是什么。可是我觉得把它搞清楚对我来说至关重要，如果能找到它，我的人生将会完全不同。也许那些修女知道，可是我与她们相处时，她们都保守着这个秘密，不愿意与我分享。不知为什么听到这个满族女子的故事，我就有了想见她的想法，在她身上兴许有我想知道的东西，如果她知道是什么，或许还会告诉我。”

“你凭什么认定她一定知道呢？”

凯蒂歪着脑袋瞥了他一眼，没有回答，却反过来向他提问：

“你知道那是什么吗？”

他愉快地耸了耸肩。

“那就是‘道’。我们为了寻找‘道’，有些人吸食鸦片，有些人信仰上帝，有些人沉湎于威士忌，有些人寄希望于爱。这‘道’总归一条，就是一成不变的‘道’，人们对‘道’的追求无止境，可它不通向任何地方。”

五十九

凯蒂又投入修道院的日常工作中。尽管每天早上她都感到身体不适，但她心气很足，不至于让妊娠反应搅乱了愉快的生活。修女们以前对她只是礼貌上的打招呼，现在却出奇地热情，随便找个理由，就走进凯蒂的房间，专门看望她，跟她聊上几句，兴奋得跟个孩子似的。圣约瑟芙修女更是找到了话题，一遍遍地重复说（有时都让人听厌烦了）“一眼就看出来了，不过刚开始时还是怀疑”，又说什么不会感到奇怪，然后是看到凯蒂晕倒就开始毫无疑问起来，整天絮絮叨叨这点儿事，还说这事可骗不了她。她对凯蒂讲了她嫂子生孩子的一段冗长的故事，那些故事实在非同小可，听了免不了心惊肉跳。圣约瑟芙修女还愉快地讲起她早年的成长环境（父亲的农场绿草茵茵，一条小河蜿蜒流过，堤岸上挺拔的白杨树在微风中轻轻摇曳）与宗教中那些熟悉的故事紧密地联系在一起。她相信异教徒不会知道天使报喜这种事，有一天，她就对凯蒂讲了起来。

“每次读到《圣经》上的这段话，我都免不了要哭，”她说，“我也不知道为什么，但它总能带给我这样的冲动。”

随后圣约瑟芙修女严肃地说起了法语，声音听起来很陌生，但她背得很精准。

“天使进去，对她说：‘蒙大恩的女子，我问你安，主与你同在了。’”

凯蒂怀孕的消息传遍了整个修道院，犹如一阵微风吹过百花盛开的果园。一想到凯蒂怀上了孩子，这些不能生育的女人就既心慌又兴奋。她们都是农民或渔民的女儿，总是用粗浅的常识看她怀孕的身体，不过在她们孩子般的心中对凯蒂充满敬畏。她们对凯蒂的妊娠症状表示担忧，却又感到高兴，又莫名地兴奋。圣约瑟芙修女告诉凯蒂，大家都为她祈祷过了。圣马丁修女还说很遗憾凯蒂不是天主教徒，当时就受到了院长的批评。院长说，即便是新教徒也可以成为好女子，一个勇敢的女子，上帝总会以各种各样的方式安排好一切。

得到修女们如此关心，凯蒂既深受感动，又十分开心。然而，让她意想不到的是，圣人一般严肃的院长也对她亲近有加。她对凯蒂一直友好，却总是保持在一定距离之内，现在的友好，是带着一种母爱的成分，不仅声音变得柔和，眼神里还透着欣喜。就好像凯蒂刚刚做了一件讨大人高兴的事。这些让凯蒂很感动。院长的心灵像灰暗平静的大海，波澜壮阔，蔚为壮观，它广阔的气势令人敬畏，但是她的微笑如一缕阳光照射过来，让一切变得活泼而欢快。院长趁着下午事少的时候到凯蒂的房间里坐坐。

“我现在得随时留意你，别让你累坏了身子，我的孩子。”她说，她为自己找了一个托词，“不然的话，费恩医生永远都不会原谅我的。哼，英国人那种自我克制呀，心里明明高兴得不得了，可一跟他说起这事儿，他脸都白了。”

她拿起凯蒂的手，安慰地拍了拍。

“费恩医生跟我说，他希望你离开这儿，但是你不愿意，因为你舍不得离开我们。你真是太好了，亲爱的孩子。我想让你知道，我们非常感谢你的帮忙。我觉得你也不想离开他，这样反倒更好，你可以陪在他身边，他需要你。我不知道要是没有这个令人钦佩的人，我们该怎么办呢。”

“我很高兴，他能为你们尽一分力量。”凯蒂说。

“你一定要全心全意地爱他，亲爱的，他真是了不起的人哪！”

凯蒂苦笑着，心中却发出了一声叹息。她唯一能为瓦尔特做的就是让瓦尔特原谅她，不光是为了她，也是为了瓦尔特能释怀。宽恕能给瓦尔特的内心带来安宁，如果主动去求他，那肯定是不管用的。如果他怀疑这么做并非为她自己考虑，他那倔强的虚荣心会让他不惜一切代价加以拒绝（奇怪的是，现在提起他的虚荣心，已不再令她气恼，只会在心中对他又多了一层怜惜）。那么明白了她真正的目的，在自尊心的驱使下，他一定不会接受。唯一可能的是，寄希望于发生一件意想不到的事，打消他的戒心。她心里已有了一个想法，希望他乐于接受一次感情的爆发，将他从怨恨的噩梦中解救出来。不过他在感情上是那么笨，那一刻到来时他也会拼尽全力抵抗的。

人生多么短暂，世界本来充满苦难，人们却还要不断折磨自己，这不是太可怜了吗？

六十

虽说院长对凯蒂的关心多了，但她们也只是交谈过三四次，其中一两次还不到十分钟，但她还是给凯蒂留下了深刻的印象。院长就像是一片原野，初次相识的时候觉得既辽阔又冷漠，不过很快就会发现，在群山峻岭的皱褶间，果树映衬着喧闹的村庄，还有生机无限的草地上蜿蜒流淌着清悠悠的小河。凯蒂被这些舒心宜人的景色惊艳到了，从中获得心灵的慰藉，然而在这片久经风雨的黄褐色土地上，却不会产生宾至如归的感觉。要想与院长成为至交密友或无话不谈的朋友几乎是不可能的。她的身上带有某种超然的品格，凯蒂和其他修女都能感受到。就连好脾气、健谈的圣约瑟芙修女也不例外，她与院长之间的鸿沟也是明摆着的。院长虽然和她们走在同一块土地上，共同打理着日常事务，却生活在一个让她们难以企及的高度。她能带给人不一样的感觉，既让人好奇，又让人心生敬畏。

她曾对凯蒂说："修女只对着耶稣不停祷告是不够的，她还要成为自己的祈祷者。"

她的谈话总夹带着她的天主教义，但凯蒂觉得，这也是院长的心声，说起宗教来，总是很自然地说到自己的信仰上，倒也不是要存心感化异教徒。让她感到不可思议的是，在院长眼里，她自然是个对上帝一无所知的罪人，但令她诧异的是，院长有颗仁爱之心，却对她无知的罪恶放任不管。

有一天，将近傍晚时，两人又坐在了一起，这个季节白天渐渐变短，傍晚柔和的阳光叫人觉得很舒服，然而日暮西山又让人容易伤感。劳累了一天，修道院院长看上去很累，那张悲悯的脸显得憔悴而苍白，那双漂亮的黑色眼睛也失去了热情。但疲劳反而使她有了难得的好兴致，主动跟凯蒂说起了知心话。

"今天对我来说是个值得纪念的日子，我的孩子，"她打破了长久的沉思对凯蒂说，"因为今天是我终于下定决心皈依天主教的周年纪念日。是否皈依我主，我想了整整两年。受了不少苦，我对主的召唤顾虑重重，内心饱受煎熬。我担心皈依我主后又会被世俗杂念所牵绊。但就在那天早晨，领过圣餐后我暗下决心，发誓一定要在天黑前将我的决定告诉我母亲。领过圣餐后，我祈求主赐予我宁静。我得到的回应是：你不再对宁静渴求时，你就得到了它。”

院长完全沉浸在对往昔的回忆中。

“那天，我的朋友威尔诺夫人瞒着亲友动身去了卡梅尔修道院。她清楚亲友对她的做法并不赞成。威尔诺夫人是位寡妇，她觉得有权做出自己决定好的选择。这位可敬的寡妇离家出走时，我的一位表姐赶去送行，直到傍晚时才返回，她被深深地感动了。我从没向母亲谈过我的想法，一想到我要把心中的想法告诉她，我就浑身颤抖不知该怎么办才好。然而，我在领受圣餐时所做的决定需要坚守，决不会放弃。于是我在母亲面前，故意向我的表姐问了很多问题。表面上，母亲好像不关心我们说的话，沉浸在编织绒绣椅垫的工作中。我一边跟表姐说话，一边在心里想：如果今天非说不可，那就一分钟也不要耽搁。

“我现在对当时的场景记忆犹新。我们坐在一张桌子旁，是一个大圆桌，桌子上铺着一块红色的桌布。我们借助灯光干活儿，那盏灯的灯罩是绿色的。我的两个表姐跟我们在一起编织绒绣椅垫，为的是给客厅里的椅子换上新垫子。想一想，原来的椅垫自打路易十四时代买来后就没修补过，都变得非常破旧了，颜色也不像先前那样。这些椅子就没了罩毯。它们刚买来时的颜色已褪尽，破旧不堪。母亲说，这些椅垫再不换可就太丢人了。

“我早已想好要说的话，但该说时我却张不开嘴。几分钟后，母亲却突然开口对我说：‘你朋友的行为，我真难理解。就这样不辞而别，尤其对亲友连个招呼都不打，那可是最关心她的人，我很不喜欢这种做法，太过分了，我觉得很不好。一个有良好教养的女人，不管做什么，总不能让人说三道四。如果你要离开我们会给我们留下巨大痛苦的话，我希望你不要学着她那样，像犯了罪似的偷偷逃走。’

“这时候正是我说出想法的好机会，可我软弱地放弃了，违心地说了句：‘放心吧，妈妈，我可没那个胆量。’

“母亲没再说话。而我却因为没有说出心里话而懊悔，我似乎听见上帝对圣彼得说的那句话：‘彼得，你爱我吗？’唉，我是太软弱了，真是个忘恩负义之人！我贪图安逸舒适的生活，不愿抛弃世俗，舍不得离开家人和娱乐消遣。我沉湎在这些痛苦不堪的杂念中。过了一会儿，母亲接着刚才的话题对我说：‘尽管如此，我的奥黛特，我相信你这辈子不过得既痛苦又隐忍你是不会罢休的。’

“我不敢接话，沉湎在各种焦虑和思索中，心跳得厉害，我的两位表姐默默地忙着她们手里的活儿，并不知道我紧张得要命。突然，母亲放下手中的罩毯，注视着我。她说：‘哎，我亲爱的孩子，我敢肯定，你最终会成为一名修女。’

“‘你这是当真的吗，我的好妈妈？’我说，‘你真是一语道破我内心深处的念头和想法。’

“‘是的，’还没等我说完，两位表姐就大声嚷起来，‘这两年，奥黛特一门心思想着这件事呢。不过，您肯定不会答应的，姨妈，您可千万不能答应啊！’

“‘亲爱的孩子们，如果这是上帝的旨意，’母亲说，‘我们又有什么权力阻止呢？’

“我的两位表姐想把话题当成笑谈，问我怎么处理那些俗世的小物件，开始斗起嘴来，争吵着那些小物件都应该归谁。但这种快乐的气氛被现实打破，后来我们全都哭了。随后，我听见父亲上楼的脚步声。”

院长说到这里，停顿了片刻，发出一声叹息。

“父亲知道后十分难受。我是他的独生女，况且，父亲对女儿的感情要比对儿子更深。”

“拥有一个心爱的孩子是你父母极大的不幸。”凯蒂微笑着说。

“能将这孩子献给基督耶稣，也是莫大的幸运。”

正在这时，一个小女孩儿突然跑来找院长。她的手里拿着一个不知从哪里拿来的古怪玩具，很高兴地要给院长看。院长伸出秀美雅致的双手，搂住小女孩儿的肩膀，那孩子便紧贴着她。看着院长笑得那么甜，凯蒂心有所动，虽然这微笑离她还有那么远。

“孤儿们全都喜欢你，真是叫人羡慕，院长，”凯蒂说，“如果我也能让别人这么喜欢我，我定会感到非常骄傲的。”

院长又一次露出严肃而美好的微笑。

“想要赢得别人的心，只有一个办法，那就是让别人觉得你值得爱。”

六十一

这天晚上，晚餐都已准备好了，瓦尔特还没有回家吃饭。凯蒂等了一会儿，以为他在城里忙工作，晚一点儿才能回来，以前有这种情况，他总会托人捎口信回来，这次凯蒂等到很晚也不见他回来，凯蒂只好自己吃饭。受疫情的影响，食物供应短缺，可是那位中国厨师还是想尽办法给他们做了很多好吃的。看着桌子上的各色菜肴，凯蒂却毫无胃口，勉强吃了几口。晚饭后，凯蒂对着窗口坐在藤椅上，陶醉在满天繁星的美妙夜色里，山间静寂，她得以安然休息。

她没心情看书，脑海里想着各种各样的事情，犹如倒映在平静的湖面上的朵朵白云。她想留住那些白云，却一朵也够不着，只好跟随着，让自己陷入那一连串的想法中。她在想跟那些修女的接触中所得到的印象各不相同，但究竟有什么收获心中却一片茫然。修女们的生活方式让她深受感动，但促成这种生活方式的信仰她无法接受。她不能想象自己有一天会被她们充满激情的信仰所俘获。但她还是叹了一口气，如果让那伟大的圣洁之光照亮她的灵魂，或许一切就好办了。有那么一两次，凯蒂都忍不住想把自己的经历向院长倾诉，但是她没这个勇气。她可不想被严肃的院长看成放荡的女人。对院长来说，她的所作所为已经算是莫大的罪恶。可说来奇怪，她本人并不当其为最大的罪恶，顶多不过是做了一件蠢事或丑事而已。

这要归咎于自己天生愚笨，她觉得自己与查理的私情固然令人失望，甚至让人厌恶，但这种事情只要忘了就好，而不该悔恨终生。就像在宴会上因举止失当说错了话、做错了事，既然无法挽回，也无须耿耿于怀。一想到查理，她的心就不禁为之一颤。她想到了查理考究的衣着里面宽大的身架，肥厚的下颌，还有挺着胸脯不露出大肚腩的样子。查理那张红脸动不动就青筋暴起，一看就知道是个天生盲目乐观的家伙，显然是个多情的人。她曾经迷恋查理那对浓密的眉毛，现在看来，简直是动物的毛发，令人作呕。

以后该怎么办呢？真奇怪，她对自己的未来漠不关心，她看不到一点儿未来的希望。她或许在生完孩子后就死了。她的妹妹多丽丝身体一直比她健壮，可在生孩子的时候差一点儿死掉（她不辱使命，为新晋男爵家生下了理想的继承人！一想到母亲意得志满的样子，凯蒂就感到好笑）。未来是这么难以预料，这就意味着她注定看不到未来。瓦尔特可能会让她的母亲照看孩子——如果孩子能顺利生下来。她对瓦尔特太了解了，即使他不知道是谁的骨肉，他也会善待这个孩子。不管怎么说，瓦尔特是个值得信赖的人，他行事光明磊落。他身上还有那么多优秀品质令人钦佩——不自私，看重荣誉，聪明又细心，却不招人喜爱，这是多么令人遗憾的事呀。她现在不怕他，一点儿也不怕了，而是为他感到惋惜。可是她又忍不住认为，他这人还有点儿荒唐可笑的地方。他对她用情至深，最终把自己弄得脆弱不堪。凯蒂想利用他的这份感情，让他原谅她。为了带给他内心的平静，她只有尽可能地弥补给他造成的伤害，只可惜，他一点儿幽默感都没有。她能感受到，未来的某一天，他们俩回味过去会为彼此间互相折磨而放声大笑。

她累了，便把油灯拿进卧室，衣服也懒得脱就上床了，不一会儿她就睡着了。

六十二

不知过了多久，她被一阵急促的敲门声惊醒了。起初，她还以为是做梦，不相信那声音是真的。但是敲门声一直没停，她才确定那声音是从院门传来的。周遭一片漆黑。她拿出手表，借着表上的夜光看了看，时间是凌晨两点半。一定是瓦尔特回来了——他怎么这么晚才回来——敲门声没有唤醒仆人。敲门声越来越大，在这夜深人静的时候，这声音听上去令人心惊肉跳。敲门声终于停了，她听到有人拉开了沉重的门闩。瓦尔特从来没这么晚回来过，可怜的人哪，一定是累坏了！愿他能上床睡觉，别像往常那样又去他的实验室。

外面的声音嘈杂，凯蒂听出有几个人在说话，还有人进了院子。这就奇怪了，瓦尔特回来晚时，总是尽量不弄出动静，以免打扰她休息。有两三个人已快速登上木质楼梯，走进了隔壁的房间。凯蒂心里有些害怕，她一直担心当地人会排外闹暴乱。不会出什么事了吧？她的心跳开始加快，但她还没有把事情想清楚就有人穿过走廊，来敲她的门。

“费恩太太。”

她听出是维丁顿的声音。

“嗯，出什么事了？”

“你能马上起来吗？我有话要说。”

她从床上爬起来，在衣服外面披上睡袍。慌乱地打开门锁，拉开了门。她打量着维丁顿，只见他穿着一条中式长裤，上身是一件丝绸外套。一个仆人站在他的身后，手里提着马灯。在仆人后面还站着三个身穿卡其布军装的中国士兵。看见维丁顿脸上惊慌失措的样子，凯蒂着实吓了一跳。维丁顿的头发乱糟糟的，仿佛也是刚刚从床上爬起来。

“出了什么事？”她屏住呼吸问道。

“你一定要保持镇静，一刻不能耽搁，穿好衣服，马上跟我走。”

“到底出什么事了？是不是城里出了乱子？”

看到那几个士兵，凯蒂马上想到，一定是城里发生了骚乱，这些士兵是来保护她的。

“你丈夫病了，我们想让你马上过去。”

“瓦尔特病了？”她重复道。

“你先别着急，我们也不知道具体情况。虞上校派这位长官来通知我，让我马上带你去一趟。”

凯蒂盯着维丁顿发愣，突然身上一阵发冷，片刻后才转过身去。

“我马上就好。”

“我都没来得及换衣服，”维丁顿说着，“还做着梦呢就被叫醒，我披上外套穿了双鞋就来了。”

凯蒂没听见他在说什么。她借着月光胡乱添了件衣服，手突然不听使唤，老半天也扣不上扣子，只好胡乱拿起披肩，围在肩膀上。

“我找不到帽子，不用戴了吧？”

“不用。”

仆人提着马灯，走在前面引路。他们几个人急匆匆下了台阶，走出了大门。

“当心脚下，别摔着了，”维丁顿提醒道，“你还是挽住我的胳膊吧。”

几个士兵紧跟在他们身后。

“虞上校派了轿子，在河对岸等着我们。”

他们着急忙慌地下了山。凯蒂有心想把事情问清楚了，却因为紧张，嘴唇哆嗦着说不出来话，她害怕听到那个可怕的答案。他们很快到了岸边，一条小船等在那儿，船头上亮着一盏灯。

“他是不是得了霍乱？”她还是忍不住地问道。

“恐怕是的。”

她惊叫了一声，停住了脚步。

“我想，我们还是快点儿赶路吧！”

维丁顿扶她上了小船。河面不宽，河水几乎凝滞不动。他们几个挤成一团，一个女人用力地摇着桨，身后还背着一个孩子，载着他们向对岸驶去。

“今天下午他就犯病了，”维丁顿说道，“确切地说，应该是昨天下午。”

“为什么不派人来叫我呢？”

他们压低着声音说话，其实声音大了也没什么关系。黑暗中，凯蒂能感到维丁顿也很焦虑不安。

“虞上校本想通知你，但瓦尔特不让。虞上校一直在他身边。”

“虽说如此，他也应该派人来叫我。这太不近人情了！”

“你丈夫知道你从未见过霍乱病人。那个样子既吓人又恐怖，他不想让你看到。”

“但他毕竟是我丈夫呀。”她哽咽地说着。

维丁顿没有答话。

“为什么现在又派人来叫我？”

维丁顿伸手挽住了她的胳膊。

“亲爱的，你一定要挺住，你要做好最坏的打算。”

她心中不禁一阵悲痛，哭了起来。她发现那三个中国士兵正好奇地看着她，便稍稍侧过身去。冷不丁也瞥见了他们带着惊恐的神色。

“他快要死了吗？”

“我只知道虞上校派这位长官捎来口信，根据我的判断，病情一定很严重了。”

“难道一点儿希望都没有了吗？”

“我感到很抱歉，如果我们不快点儿赶到，恐怕就见不到他了。”

她浑身战栗，眼泪不自觉地流了下来。

“我就说嘛，他整天工作那么辛苦，身体连一点儿抵抗力都没有。”

维丁顿说话时声音低沉，很痛苦地说着。她心中恼怒，十分生气地把胳膊从他的手中挣开。

他们到了河对岸，两个站在河边的中国人扶她上了岸，轿子早已备好，她坐了上去。

维丁顿不放心地对她说："你千万要保持镇静，一定要克制。"

"让轿夫快点儿走。"

"他们早已得到了命令，以最快的速度赶路。"

那位报信的长官已坐上了旁边的轿子，从凯蒂的轿子旁经过时，对几个轿夫大声吆喝了几句。轿夫们麻利地起轿，把轿杆稳稳地搭在肩膀上，步伐稳健地出发了，维丁顿紧紧地跟在轿子后面。他们在山路上一路小跑，每顶轿子前都有人提着灯笼带路。到了那个水闸门口，看门的人手里举着火把正等候在那儿，他们走到近前，那位坐在轿子里的军官朝他吼了一嗓子，他马上开了一扇大门，放他们通过。在走过这扇门的时候，那位看门人发出感叹一般的吆喝，轿夫也齐刷刷地回应了一句，在这死寂的夜晚，他们用陌生的语言发出神秘的吼叫真是令人胆战心惊。他们踩着巷子里又湿又滑的鹅卵石路面一路疾行。抬那位军官的轿夫不小心踉跄了一下，凯蒂听见他坐在轿子里气呼呼地高声大骂，还听见那位轿夫用尖厉的声音辩解了几句。接着这一行人脚下不闲着又急急忙忙继续赶路。他们穿过狭窄又曲折的小巷，在这夜色深沉的晚上，整个城市都寂静无声，宛如一座死城。他们在窄巷之中转过一个拐角，又跑上一段台阶。轿夫们累得开始喘起来，谁也不说话，沉默地迈着飞快的步伐。有一个轿夫已累得满头大汗，汗水流进了他的眼里，他掏出一块破旧的手帕，一边走一边擦着汗。他们在这巷道里东拐西拐的，犹如在迷宫里绕个不停。街道边的店铺都关着门，有时会在店铺投下的暗影里看到有个人影躺在那儿，你不知道那人会在黎明醒来，还是长眠不醒。狭窄的街道上寂静无人，阴森恐怖。突然间，传来狗的狂叫声，把神经紧张的凯蒂吓得心惊肉跳。她不知道他们要往哪里去，路途好像永远没有尽头。时间在不停地流逝，他们不能快点儿吗？快点儿，快点儿，再快点儿，否则就晚了。

六十三

他们沿着一段光秃秃的院墙走了一阵儿，突然来到两侧设有岗亭的大门前。轿夫们将轿杆放下，凯蒂已下了轿子，维丁顿赶紧跑过来。那位军官使劲敲着门，又高声喊了几声，一扇门打开后，他们走了进去。这是一座四四方方的大宅院，在屋檐下，一群士兵裹着毯子，紧贴着墙根，三三两两挤作一团。他们停下脚步，那位军官跟一个看似在站岗的卫兵说了几句，然后转过头来，对维丁顿说着什么。

“他还活着，”维丁顿低声说，“当心脚下。”

那几个提灯笼的人仍然走在前面，他们跟在后面，穿过那座宅院，登上几级台阶，通过一道大门，又来到另一座大宅院。这院子的一侧，有一间长长的厢房，里面亮着灯，昏黄的灯光从窗户纸上透出来，映衬出窗格的轮廓。提灯笼的人带着他们穿过院子来到这间厢房，军官敲了敲门，门立刻打开了。他朝凯蒂看了一眼，然后退到一边。

“你进去吧。”维丁顿在后面说。

屋子又矮又长，点着几盏冒烟的油灯，幽暗的灯光里透露着不祥的气息，三四个勤务兵站在那里。正对着门口的墙边放着一张小床，床上铺着干草垫子，躺在床上的人蜷缩在毯子下面，一位军官面无表情地站在床头，一动不动。

凯蒂慌忙走过去，俯下身子看着瓦尔特。瓦尔特躺在那儿，一动不动，紧闭着双眼，在暗淡灯光的映照下，他的脸如死灰。

“瓦尔特！瓦尔特！”她急切地叫道，她压低着声调，却无法抑制恐慌。

瓦尔特的身体微微动了一下，或许根本没动，看到的只是幻影。他的气息极其微弱，就像一缕微风，你感觉不到它的存在，却在瞬间，吹皱了平静的水面。

“瓦尔特，瓦尔特，你说说话。”

瓦尔特慢慢睁开眼睛，仿佛用尽了全身的力气才抬起他那沉重的眼皮。但他没有朝凯蒂看去，只是盯着离他最近的那面墙壁。他开口说话了，但声音极其细微，脸上还隐隐带着一丝微笑。

“太糟了。”他说。

凯蒂赶紧屏息静气地听着，但他却没再发出任何声音，也没有任何动静，只是那双暗沉的眼睛冷漠地盯着墙壁（难道他看到了什么神秘的东西？）。凯蒂站起身，用憔悴的目光看着站在旁边的军官。

“一定能有办法救他，你们不能坐视不管吧？”

她双手紧握在一起。维丁顿走上前去，跟那位军官说了几句。

“他们能做的都已经做了，团部里的医生一直在救治他，他是你丈夫一手教出来的医生，一直在做这方面的训练。瓦尔特该做的事情他都做了，包括所有的努力。”

“这就是那位医生吗？”

“不，他是虞上校，他一直陪在你丈夫身边。”

凯蒂心乱如麻，她朝虞上校瞅了一眼。这个身材高大魁梧，身穿卡其布军装的虞上校显得紧张不安。他的眼睛一刻也没有离开瓦尔特，凯蒂发现那双眼睛含着泪水，她的心像被刺痛了一样。这个黄脸的男人，为什么还有泪水？凯蒂被激怒了。

“就这么眼睁睁地看着他死，真是太残忍了！”

“至少现在他感受不到痛苦了。”维丁顿说。

她再次回到丈夫的床边，那双空洞的眼睛依然盯着前方。她不知道他的眼睛是否还能看得见，也不知道他能否听见她说话。她贴近他的耳边。

“瓦尔特，我们真的就没有办法可想了吗？”

她心想肯定有一种药，能够延缓他消逝的生命。她的眼睛已经完全适应了室内昏暗的光线，她惊恐地发现瓦尔特的脸塌陷下去，几乎认不出是他。真是不可思议，仅仅过去了几个小时，他就变得面目全非，真是无法想象。他看上去已经不像个人。

凯蒂发现他挣扎着好像要说话，便把耳朵凑得更近些。

“别瞎忙了，我经过了艰难的路途，现在已经没事了。”

凯蒂又等了一会儿，但他没再说话。看他静寂无声地躺着，她的心仿佛被撕扯着，无比痛苦。他似乎做好了走向坟墓的准备，这太可怕了。这时，有个军医或是打理后事的人走过来，他示意凯蒂站到一旁。他俯下身去，用一块肮脏的破布润湿了他的嘴唇。凯蒂再次转过身，绝望地看向维丁顿。

“难道一点儿希望都没有了吗？”她低声问道。

他摇摇头。

“还能支撑多久？”

“说不准，也许一个小时。”

凯蒂扫视了一遍这间空荡荡的屋子，最后目光落在了有权威的虞上校身上。

“我能单独和他待一会儿吗？”她说，“一分钟也行。”

“你希望这样，当然可以。”

维丁顿走到虞上校身旁，跟他说了起来，虞上校微微点头，随后低声发出指令。

“我们就在门外的台阶上等你，”大家往外走的时候，维丁顿对她说，“有事你就喊我们一声。”

凯蒂对眼前发生的一切感到精神恍惚，就像麻醉药顺着血管流遍全身。她知道瓦尔特马上就要死了，心里只有一个念头，让他从过去的积怨中解脱出来，安详地离开人世。如果在他死之前能够原谅她，也就算与自己和解了，她现在考虑的全然不是自己，而是他。

“瓦尔特，我恳求你原谅我。”她朝他俯下身子说，因害怕他的身体承受不了任何压力，尽量不让自己碰到他，“我背叛过你，我为自己犯下的过错深感抱歉，我为我自己做的事深感内疚。”

他什么也不说，好像根本没有听见，她只得继续说下去。她有种奇怪的感觉，好像他的灵魂变成了一只飞蛾，一双单薄的翅膀因负载过多的仇恨而变得不堪重负。

“亲爱的。”

一片阴影掠过他那苍白凹陷的脸。他的脸虽然没有动，但看上去如同一阵可怕的痉挛。她从来都没有用“亲爱的”这一词语来轻唤过他。在他的行将消失的意识里闪过困惑不解的念头，他曾听到她用这个词称呼过猫儿、狗儿、小婴儿，就连小汽车也这样称呼，却从来没用在过他身上。接着，一件令人揪心的事情发生了，她握紧着拳头，拼命地控制着，因为她看见两滴眼泪顺着他干瘪的脸颊慢慢地流下来。

“哦，亲爱的，我的宝贝，如果你爱过我——我知道你爱过我，而我却十分可恨——那么，我请求你原谅我。现在我没有机会来表现我的悔恨。求你可怜可怜我，原谅我吧。”

她等待着，屏住呼吸看着瓦尔特，深情地等他回答。她看出他想说什么，心紧张地跳起来。如果他能在生命的最后时刻，消除内心深处的幽怨，卸下那份痛苦的重担，她也能稍稍心安。他的嘴唇动了一下，但没看她，仍然面对着那堵粉刷过的白墙，茫然地望着。她朝他俯过身去，好能听清他说了些什么，但他把话说得十分清楚。

“最后死掉的却是狗。”

她愣住了，人僵在那儿，仿佛石头人一般。他的话是什么意思，她没听懂，她惊慌地看着他，脑子里一片混乱。他的话毫无意义，不过是胡话而已。她所说的话，看来瓦尔特一个字也没听进去。

他躺在那儿是那么安静，几乎和死了一样。她注视着他，他的眼睛没有闭，她不知道他是否还有气息，开始觉得害怕了。

“瓦尔特！”她呼唤着，“瓦尔特！”

最后，她突然站起身，一种恐惧感瞬间袭遍全身，她转身朝门口走去。

“你们可以进来吗，他好像……”

大家连忙进了屋。那位中国医生走到床边，手里拿着手电筒。他把它打开照向瓦尔特的眼睛，然后将那双眼睛合上。他用中文说着什么，维丁顿用双手搂住了凯蒂的肩膀。

“恐怕他已经走了。”

凯蒂深深地叹了口气，眼里掉下几滴泪水。她只感到头晕，没有感到多悲伤。那些中国人围在床边站着，一个个束手无策的表情，不知接下来该如何是好。维丁顿也站在那儿一声不吭。过了一会儿，那些中国人小声议论起来。

“我还是先把你送回家吧，”维丁顿说，“他们会把他送到那儿去。”

凯蒂疲倦地用双手捂住额头。她走到瓦尔特的床前，俯下身去，在他的嘴唇上轻轻地吻了吻。她已经不哭了。

“很抱歉，给你们带来这么多的麻烦。”

凯蒂离开时，军官们纷纷向她敬礼，凯蒂神色庄严地鞠躬回礼。他们按原路穿过院子，坐上轿子。她看见维丁顿点了一支烟，一缕烟雾在空中飘逝，人的生命就犹如那一缕烟雾！

六十四

这时候天已经放亮了。街巷上，随处都能见到中国人正在卸去自家店铺的门板，在一间幽暗的室内，亮着一支蜡烛，有个女人借着这光亮在洗脸，拐角的一家茶馆里，几个男人正在吃着早点。黎明那灰色冰冷的光犹如小偷一般偷偷溜进了狭窄的街巷。河面上笼罩着白色的雾气，帆船的桅杆密匝匝在这晨雾中隐现，犹如一支幽灵部队的长矛。过河时，河面上的气温还很低，凯蒂蜷曲在色彩艳丽的披肩中。他们朝山上走去时已身处那片白雾之上。碧空无云，耀眼的太阳已经升起，那光芒一如往日，看上去是很普通的一天，就好像什么事情都没发生。

“你不想休息一下吗？”他们走进平房时，维丁顿问。

“不用，我在窗户边坐坐。”

过去的几个星期里，她习惯在窗前长久地坐着。她对那座建造在巨大城堡上的奇异、华丽、神秘的庙宇已经非常熟悉了，一眼望去，让她觉得心神安定。那座庙宇看上去是那么虚幻，在正午阳光的照耀下，它也能将她从现实世界带入到虚无缥缈中。

“我让仆人给你倒点儿茶。我想，今天上午，他就必须下葬了，我会安排好一切。”

“谢谢你。”

六十五

过了三个小时，瓦尔特的葬礼已经准备好了。因时间匆忙和条件限制，他只能被装殓在一口中式棺木中，就像他的生命必须躺在一张怪异的床上才能得以安息，这让凯蒂感到意外。修女们很快获悉瓦尔特去世的消息（她们的消息一向非常灵通，对城里发生的事无所不知），并派人专门送来一个大丽菊扎成的十字架以表哀悼。这十字架孤零零地摆在中式的棺材上，显得既生疏又正式，两种传统文化合并在一起，看上去很怪诞，很不相称。一切准备就绪，大家只等着虞上校，此前，他曾给维丁顿带了口信，他要亲自参加瓦尔特的葬礼。他到达现场时，身边陪同着一位副官。送葬的人们开始朝山坡上的墓地走去，六个苦力抬着棺材。他们经过一座墓冢，那里埋葬着那位传教士，瓦尔特就是接替了他的工作。维丁顿在传教士的遗物中找到一本英文祈祷书，低声诵读着追悼亡灵的葬文词，神情一改往日，表情十分窘迫。也许，朗读这些庄严而令人生畏的悼文时，他的脑海中闪过一个念头：要是他也染上瘟疫追随他们而去，那么在他的葬礼上，就没有人给他念诵悼文了。棺材被放入墓穴中，掘墓人开始朝里面填土。

虞上校光着脑袋站在墓穴旁，直到葬礼完事之后才戴上帽子，并向凯蒂庄重地敬了一个军礼。他对维丁顿简短地交代了什么，然后带着他的副官又匆忙地走了。苦力们对基督教式的葬礼感到好奇，一直逗留在那儿看热闹。等差不多完事之后，他们才三三两两拖着抬棺材的杆子慢慢地离开。凯蒂和维丁顿还站在那儿，直到墓坑被土填满，并堆起高高的坟茔。他们将修女们送来的十字花架摆放在新起的坟堆上。直到这时凯蒂都没有哭泣。在此之前，当第一锹土扔在棺材上时，凯蒂突然感到一阵揪心的剧痛。

凯蒂发现维丁顿还站在那儿等她一同离去。

“你不着急走吗？”她问道，“我现在还不想回到那个平房。”

“我没什么事，全听你吩咐。”

六十六

他们沿着田埂上的小道慢慢地走着，最后来到小山上。山上那座圆形的拱门给凯蒂留下了极为深刻的印象，这是为纪念一位贞节寡妇所建的牌坊。这是一个象征物，至于象征着什么，她不知道，在她看来，它含有讽刺的意味。

“我们在这里坐一会儿吧？好久都没在这儿坐了。”广阔的平原呈现在她的眼前，在清晨的阳光下，显得宁静而安详，“我在这儿只过了短短几个星期，却感觉过了漫长的一生。”

他没有回应，任由她继续说下去。她的思绪漫无目的地飘散开去，随后发出一声叹息。

“你认为灵魂是不朽的吗？”她问。

他似乎对这个问题并不感到意外。

“我怎么会知道呢？”

“他们刚才在装殓前，给瓦尔特净身，我站在旁边看了看他。他还很年轻，这么年轻按理不应该死。你还记得你第一次带我去散步时我们看见的那个乞丐吗？当时把我吓坏了，不是因为他死的样子，而是因为他看上去不像个人倒像是死去的动物。瓦尔特的死，他的样子更像是一台废弃的机器。这才是可怕的地方，如果人仅仅是一台机器，那么内心经历过的那些苦难、伤痛和煎熬，最终都变得毫无意义了。”

他认真地听着，没有答话，他的目光游荡在山下的风景中，在这个阳光明媚的早晨，不能否认这是一个晴朗的好天气，整齐的稻田向远方延伸开去，一眼望不到边。在稻田里，依稀可辨身穿蓝布衣衫的农民正赶着水牛辛勤耕作，这是一幅和谐幸福的风景画。此情此景何等祥和宜人哪！凯蒂又打破了沉默。

“我不知道该怎么对你说，在修道院里的所见所闻，让我内心深受触动。这些修女真是太伟大了。与她们相比，我觉得自己太渺小，一无是处，活得没有价值。她们舍弃一切，舍弃了她们的家庭、她们的祖国、她们的爱情、她们的孩子、她们的自由。还有那些我觉得更难舍弃的微不足道的东西，比如美丽的鲜花、绿色的田野，舍弃了秋日漫步，舍弃了读书与音乐，舍弃了舒适与安逸，她们舍弃了这一切，这所有的一切。她们这么做，是因为她们把生命中的一切都奉献了出来。她们肯于牺牲自我，甘于贫苦，逆来顺受，终日忙碌，在困难的条件下，并在祈祷中度过一生。对她们来说，这个世界就是一个真正的流放地，人生就是她们甘愿背负的十字架，但是在她们内心深处，一直有一种欲望——不，比这欲望还要强烈得多，那就是一种渴望，对死亡急不可待、充满激情的渴望，渴望死亡能把她们带向那生命永恒的境界。”

凯蒂双手握在了一起，充满疑问地看着他。

“你是怎么看的？”

“假如没有什么生命的永恒呢？到头来，死亡就意味着生命的终结，那将会怎么样？她们舍弃的一切，仿佛换回来的只是一场虚空。她们受到了欺骗，都是盲从的傻瓜。”维丁顿沉思了一刻，继续说道，“我说不太清楚，我不知道她们所追求的那种虚幻是否很重要，还是她们这种生活本身就很美好。我的想法是，唯一让我们不带厌恶感去看待我们生活的这个世界的只有美，是人类不时从混乱中创造出来的美，还有人类的绘画、音乐、书籍，以及五彩斑斓的生活。所有这些事物当中，最丰富多彩的美就是生活本身，生活是一件完美的艺术品！”

凯蒂轻轻地叹了口气。他所说的话似乎深奥难懂，她还想听他继续说下去。

“你听过交响音乐会吗？”他问。

“去听过，”她抱歉地笑道，“我虽然不懂音乐，但我十分喜欢听。”

“你看，乐队里的每一位乐手都在演奏他自己的乐器，当错综复杂的和声不断响起，在空中萦绕不去，你认为这些乐手对整首曲子了如指掌吗？不，他们只是演奏了自己的那一小部分，然而他们都知道，整首交响乐是美妙的。尽管没人能注意到他们演奏的那一部分，但他们也一样认真地演奏，并且满足于自己演奏的那部分。”

“那天你谈到了‘道’，”凯蒂在他停顿片刻后说，“你再跟我详细讲讲什么是‘道’。”

维丁顿打量了她一下，犹豫一会儿。随后，他那张滑稽可笑的脸上浮现出一丝微笑。他回答说：

“‘道’即是路和行路的人。世间万物遵循永恒之道，但万事万物并不是‘道’的创造者，‘道’却是万物，它什么都是，又什么都不是，它无处不在，又虚无缥缈；道生万物，道法自然，万物归道；大道无形，大道无声，大道无象。道如广阔大海，天网恢恢，疏而不漏；道是一座神殿，是万物的庇护所。大道在于无形，无须凭窗苦寻，便可尽收眼底。它教导人们无欲无求，清心寡欲，顺其自然，清静无为。谦虚的人可以求全，正所谓能屈能伸；好事能变成坏事，坏事也能变成好事，谁又能说清什么时候会出现这样的拐点？喜欢温顺的人会如小孩子一样平和；弱小能战胜强大，柔和战胜刚烈，战胜自我者更为强大。”

“‘道’真的这么有意义吗？”

“有时候我想，当我喝完半打威士忌，抬头仰望天空的时候，‘道’就有意义了。”

两人陷入了沉思，后来又是凯蒂打破沉默。

“跟我说说，‘最后死掉的却是狗’，是从哪儿引来的？”

维丁顿的嘴唇露出得意的微笑，他对这个问题早已有了答案。不过，就在他要回答的那一瞬间，却一反常态地改变了主意。凯蒂没有注意到这一点，维丁顿瞥了她一眼，没有立即回答。

“我要说不知道呢，”他机警地答道，“你要怎样呢？”

“没什么，我只是突然觉得这句话好像在哪儿听过，听起来比较耳熟。”

两人又沉默了一阵。

“你和你丈夫单独相处时，”维丁顿停顿了片刻后说道，“我在同那位军医说话，我们想了解一下你丈夫染病的具体细节。”

“什么？”

“他当时情绪很不对劲，我也弄不明白，他说这话是什么意思。我了解的情况是，你丈夫是在做实验时染上瘟疫的。”

“他总是躲进实验室做实验。实际上他并不是医生，而是细菌学家，这也是他渴望到这儿来的原因。”

“不过军医讲了很多情况，但我还是不知道具体情况，他究竟是意外地染上瘟疫，还是在拿自己做实验。”

凯蒂听完，脸唰的一下变白了，这番话让她惊慌失措。维丁顿安慰地握住她的手。

“很抱歉，我不该说起这事，”他轻声说道，“我本想安慰你——我知道，在这种时候，说这些没用的话，很惹人烦。瓦尔特是烈士，为了科研，为了本职工作献出了生命，我本以为你会感到很自豪。”

凯蒂无所谓地耸了耸肩。

“瓦尔特是伤心而死。”她果断地说。

维丁顿没有说话。她慢慢转过身，朝他看去，她的脸色很白，意志却很坚定。

“他临终前说‘最后死掉的却是狗’，是什么意思？这句话是从哪儿来的？”

“这是哥尔斯密《挽歌》里的最后一句。”

六十七

第二天一大早，凯蒂便来到修道院。开门的女孩儿一见是她，感到很吃惊。凯蒂着手工作没一会儿，院长就走了进来。她来到凯蒂身边，握着她的手说：

“很高兴见到你，我亲爱的孩子。你经历了那么巨大的悲痛，还回到这里来工作，显示出了你无比的勇气和智慧。我相信你渴望有点儿事做，以免一个人独自伤心。”

凯蒂垂下目光，脸微微泛红，她不想让院长看穿她的心思。

“不用我说你也知道，我们这里所有的人都对你的遭遇深表同情。”

“谢谢你们。”凯蒂小声说着。

“我们会永远为你祈祷，永远为你失去的那个灵魂祈祷。”

凯蒂没有说话。院长松开她的手，然后用她沉稳而威严的口气给她安排了一些工作。她拍了拍她近前两三个孩子的脑袋，朝她们露出超然又动人的微笑，便忙着处理紧要的事情去了。

六十八

时间过得真快，一个星期过去了。凯蒂这天正在做着针线活儿，院长走进屋子，坐在凯蒂的身旁，她敏锐地看了一眼凯蒂手里的活计。

“你的针线活儿做得很好，亲爱的。现在的年轻女孩子当中，很少有这样的手艺。”

“这得归功于我妈妈。”

“我相信你的妈妈能见到你，一定会很高兴。”

凯蒂吃惊地将头抬起来看着她。从院长说话的神情和语气中，凯蒂感到这绝不是随口说出的客套话。她又继续说着：

“你可敬的丈夫去世后，我还允许你到这儿来，是因为我觉得，工作上的事能让你分心。在那种情况下，让你一个人长途跋涉回到香港，是很不明智的选择。我也不愿让你独自一人在家，沉湎于悲伤和痛苦当中。不过，事情已经过去八天了，你没必要再待在这里，应该早点儿离开了。”

“可我不想走，院长，我还想继续待在这儿。”

“你留在这里已经没有意义了。你当初来这里是陪你丈夫一起来的，可是他现如今已经去世了。你现在又有孕在身，过不了多长时间，你还得需要别人来照顾，可是这里的条件，很难将你照顾周到。亲爱的孩子，上帝将你肚子里的小生命托付给你，你就应该竭尽全力地保护好他，这可是你的职责呀。”

凯蒂沉思了片刻后，低着头说道：

“能在这里工作，我觉得自己还是个有用的人。一想到自己还能为别人做点儿什么，我就感到非常开心。我原来还希望您能让我继续在这里工作，直到这场疫情结束为止。”

“你所做的一切，我们都深表感谢，”院长说着，脸上掠过一丝微笑，“现在疫情开始好转了，来这里的风险已经不是很大，有两位姐妹已经从广东出发，马上就要到了。只要她们一到，这里的人手就够了，我们就不想再麻烦你了。”

凯蒂的心沉了一下，院长说话的口气没有回旋的余地。她心里很清楚，院长说话不讲情面，若是再向她恳求也是没用的。为了能说服凯蒂，院长故意在语气上装出专横的气势，给人的印象就是如果不听院长的话，她可要翻脸无情了。

“维丁顿先生非常善良，是他征求了我的意见。”

“我倒希望他少管些闲事。”凯蒂生气道。

“如果他不提出来，我也有义务向他提出来。”院长缓和了语气，“目前这种情况，不适合你留在这儿，你应该和你的妈妈在一起。维丁顿先生已经和虞上校商量好，指派得力的人员护送你离开，并保证你路途上的安全。维丁顿先生还找好了轿夫和苦力，你的女佣也会陪着你，你们沿途经过的城镇都已打过招呼，做好了准备接待的工作。为了能让你在路途上万无一失，大家把能想到的事情都已做好了。”

凯蒂把要说的话咽了下去。她心想，这是她自己的事情，至少也应该先跟她商量一下。她努力克制自己的情绪，尽量不把自己的不满意露在外面。

“那我什么时候动身？”

院长没有把凯蒂掩饰不住的生气看在眼里，依然心平气和地说：

“当然是越快越好，先回香港，然后再乘船回国。亲爱的孩子，我们希望你后天一早就动身。”

“这么快？”

凯蒂听了差一点儿哭出来。不过事实已经摆在这儿了，修道院虽好，终不是她的久留之地。

“你们好像都急着要把我打发走。”她伤心地说道。

凯蒂已接受了回国的安排，她察觉到院长的神态也放松下来，在不知不觉中，说话的语气更加亲切温和。凯蒂具有敏锐的洞察能力，她心里想着，即便是天主圣徒，也难免有喜形于色的时候，于是她伤心地眨了眨眼睛。

“亲爱的孩子，不要认为我们没有感受到你的爱心，你是个好人，有颗善良的心，正因为如此，你才不愿放弃志愿者的工作，你的慈悲情怀，说起来我们都非常赞赏。”

凯蒂呆呆地看着前方，微微耸了耸肩。她心里明白，自己哪有什么高尚的情操。她不想走是因为她无处可去。凯蒂内心升起一股莫名的惆怅，这感觉很怪，这世上竟没有人在乎她的死活。

“我不明白你为什么不想回家。”院长和蔼地继续说道，“在这个国家里，有很多外国人都朝思暮想着能有回国的机会。”

“可是你们不是这样，对吧，院长？”

“呃，我们的情况不同，亲爱的孩子。我们来这儿的时候，就知道要永远离开故乡。”

凯蒂自尊心受到了伤害，于是便产生了一种恶意，想要在修女们的信仰支柱上找到缝隙。这些笃信天主的修女，是什么使她们对所有人伦的感情变得如此冷漠。凯蒂倒想看一看，院长身上是否还有人性的弱点。

“我常常在想，如果一个人永远见不到自己的亲人，见不到生你养你的故乡，那该是多么残酷的事情。”

院长略一犹豫，看凯蒂正在看着她，那美丽而又克制的脸上看不出有任何变化。

“我的母亲现在年纪大了，对她来说，确实难以承受，因为她只有我这么一个女儿。在她去世前，一定非常想见到我。我希望我能满足她的心愿，可是这已经不可能了，我们只有等到了天堂里再相见。”

“话虽如此，一想起深爱她的亲人们，很难不去自问，当初离别亲人背井离乡的选择到底对不对？”

“你是在问我对自己当初的选择是否后悔过？”院长的脸突然泛起亮光，“实话说我从来都没有后悔过，我将一种没有意义的生活跟一种牺牲与祈祷的生活做了交换。”

短暂的沉默过后，院长的神态显得更加轻松地说：

“我想请你帮个忙，帮我带个小包裹，等你到了马赛的时候帮我寄出去。我现在就去拿过来。”

“不着急，明天也可以给我。”凯蒂说。

“明天你会很忙的，没时间再到这里来，亲爱的，今天晚上就向我们告别吧，这样对你来说会更方便些。”

说着院长起身离开房间，宽大的修道袍也难以遮掩她端庄与高贵的气质。随后，圣约瑟芙修女走了进来，她是特意来送别的。她祝愿凯蒂一路上旅途愉快，不要担心路上的安全问题，因为虞上校派出了身强力壮的护卫，可以保证她行程上的安全。像她这样的修女，经常在这条路上单独旅行，从来没有发生过危险。她问凯蒂喜欢大海吗，没等凯蒂回答，她忙用法语说了声上帝呀，那次她在印度洋上遇到暴风雨，晕船晕得别提有多难受。她还说凯蒂的母亲见到女儿回来一定会很高兴。她告诉凯蒂一定要好好照顾自己，因为她身上怀着孩子，这个小生命也需要她的照顾。她们都会为她祈祷，她本人更会为她不断地祈祷，为那小宝宝，也为可怜而勇敢的费恩医生的灵魂祈祷。健谈的圣约瑟芙修女一口气说了那么多充满情真意切的话语，凯蒂却深深地觉得，对圣约瑟芙修女（她只关注着永恒）来说，她只是个脱离肉身的灵魂罢了。她心里有股疯狂的冲动，很想抓住这个胖胖的又极其善良的修女的臂膀，使劲摇晃她，大声告诉她："难道你不知道我是个不幸的人吗？我既悲惨又孤独，我需要安慰，需要同情，也需要鼓励。唉，你能不能暂时不要谈到上帝，对我哪怕动一点儿恻隐之心，不要大谈你们基督徒对苦难众生的怜悯，给我一点点的同情心好不好？"这念头使凯蒂脸上露出快意的微笑：圣约瑟芙修女要是知道她这么想，肯定会大惊失色，她本来就怀疑英国人都是疯子，这么一来，她就更加坚信不疑了！

"幸好我很适合乘船旅行，"凯蒂回应道，"我还从来没有晕过船。"

这时候院长带着一个干净的小包裹走了回来。

"这是我为母亲的命名日做的一些手帕，"她又特意说明，"姓名的开头字母，都是这里的小女孩儿绣出来的。"

圣约瑟芙修女在一旁建议凯蒂看看这些手帕的做工有多好。院长略微犹豫了一下，还是微笑着打开了包裹。包裹里的手帕都是用优质细麻布做成的，开头字母用复杂的字体绣成，上面是草莓叶组成的花冠。连凯蒂这样对手工比较在行的人也由衷地赞不绝口。院长又将手帕仔细包好，随手把包裹递到凯蒂手上。圣约瑟芙修女用法语说了句，“好了，我的女士，我不得不离开你了。”，她又重复着她那礼貌的客套话后，转身离去。凯蒂意识到，她也该跟院长告别了，她对院长对她工作上的照顾表示感谢，接着两人又一起走上那条空荡荡的白色走廊。

“船到马赛港的时候，把这包裹邮寄出去。这给你添了很多麻烦！”院长说。

“我愿意效劳！”凯蒂说。

她看了看包裹上的姓名与地址，姓名似乎是显赫的名门大姓，但地址却格外吸引她注意。

“这座城堡我以前去过，我和几位朋友在法国开车旅行时去过。”

“那倒是很有可能，”院长说，“这座城堡每周对外开放两次，供游客参观游览。”

“我要是生活在这样美丽的城堡，我是绝不会有勇气离开的。”

“这座城堡确实是一处名胜古迹，但我对它缺少亲切感。如果说我有些遗憾的话，倒不是因为这座城堡，反倒是另外一个地方，那座城堡虽小，我在那里却度过了欢快的童年。它坐落在比利牛斯山上，在那里能听到大海的波涛声。不可否认，我在记忆里还常常能听到海浪拍打礁石的声音。”

凯蒂觉得院长早看出她有意捉弄，好让她说出伤感的话，院长这么说也是故意在取笑她。这时，她们已走到修道院那道不起眼的小门。让凯蒂意外的是，院长伸出双手拥抱了她，并用她苍白的嘴唇吻了她的脸颊，先是吻了左侧，接着又吻了右侧，这着实出人意料，凯蒂激动得差点儿哭出来。

“再见了，我亲爱的孩子，上帝会保佑你的。”她把凯蒂拥抱了好一会儿，然后说道，“你要记住，做好本职工作是一件十分平常的事情，就好像手脏了要去洗一样不值得称道。而热爱自己的工作才是最重要的。当爱与责任合二为一时，上帝的恩典就会降临于你，你就会享受到超乎寻常的幸福。”

修道院的门在她身后最后一次关上了。

六十九

维丁顿陪着凯蒂上了山，凯蒂在瓦尔特的墓前做了临行前最后的祭拜。回到拱门那里，凯蒂跟维丁顿也做了告别。当凯蒂最后一次看那拱门时，那谜一般的讽刺得到了呼应。她转身上了轿子。

日子在旅途中一天天过去，一路的风光成了她思绪的背景。眼前的情景让她想起不久之前，同样是这条路，走的是截然不同的方向。那时苦力们挑着行李，稀稀拉拉地、散乱地走着，两三个一起走着，隔着一百码，又落下一个，后面又跟着两三个拖着很长的队形。短短的几个星期之后，还是这条路，却朝着来时的方向走，那些护送的士兵迈着笨拙的步伐，每天只走出二十五英里的路程。女佣坐着由两个人抬的轿子，凯蒂坐着的轿子是四个人抬的，这倒不是因为她的身体有多重，而是体面和尊卑的不同。他们有时遇到挑着重担的苦力，排成一行从旁边经过；有时会遇到坐着车的军官，用异样的眼光打量着这个白种女人；有时又会碰到几位身穿褪色蓝衣、头戴大草帽的农民结伴去赶集；有时还会遇见一位女子，说不上是年轻还是年老，正迈着缠足的小脚颤巍巍地朝前走。他们这一行人翻山越岭，穿过整齐的稻田，路过掩映在竹林里的房舍。他们经过贫困的山村，也经过像弥撒书中记载的被墙围起来的人口密集的城镇。初秋时节，阳光依然明媚，这样晴朗的天气令人心情愉快。若是在黎明时分，晨光熹微，给一片片稻田蒙上一层童话般迷人的色彩。清早天气还是冷的，等过一会儿，气温上来时，天气变得舒适宜人。凯蒂此时仿佛被恩赐一般，被温暖包围着，她尽情享受着这惬意的感觉。

眼前的景物一派生机盎然，色彩变幻莫测，带着异域风情，就好像一幅幅挂毯。浮现出各种幻象，在凯蒂的脑海里频频闪现。记忆里的一切都不真实了，湄潭府那雉堞林立的墙，就像画布上的画，摆在古戏台上当布景。修道院的修女们、维丁顿，还有爱着他的那位满族女子，都是假面舞剧中的虚构人物。还有其他的，在大街小巷中贴着墙根悄然前行的路人，还有那些染上病死去的人，都是些跑龙套的无名之辈。当然，这出戏和这些演员都被赋予了某种意义，可这意义究竟是什么呢？他们仿佛是在祭祀的典礼上表演敬神的舞蹈。你已经知道那些错综复杂的节奏和舞姿深含的寓意，对你来说，了解这些对你至关重要，可是你就是理不出头绪，找不到任何线索。

突然之间，凯蒂对看到的情景感到难以置信（一位老太太从田埂上走过。她穿着蓝布衣衫，那种蓝在阳光的照射下呈天青色。

她的脸上布满皱纹，就像是陈年的象牙刻出来的面具。她挪动着一对小脚，佝偻着身子，拄着一根黑色的拐杖），凯蒂跟瓦尔特也出演了这场奇幻的戏剧，还在其中扮演了十分重要的角色。她差一点儿就送了命，瓦尔特不就客死他乡了吗，这难道是个玩笑吗？或许不过是梦幻一场，她应该从梦中醒来，然后发出如释重负的叹息。就好像这些事发生在很久很久以前，恍如遥不可及的隔世。在阳光明媚的真实生活中，那些剧中人变得模糊不清，凯蒂觉得这出戏就像她正在阅读的小说。说起来很可怕，她发现自己已经无法清晰地回忆出维丁顿的那张脸，而在不久以前她是那样地熟悉。

这天晚上，他们就会抵达西江边上的那座城市，从那里再乘坐轮船。经过一夜的航行，就能到达香港。

七十

瓦尔特死的时候，她没有哭过。起初她还觉得惭愧，如此冷漠无情，实在有点儿无情无义。唉，就连那位中国军官虞上校眼里还含着泪花呢。丈夫的去世有点儿太突然，她只觉得神思恍惚，不知该怎么办好。她不能接受的是，丈夫再也不会回到那座平房里去。再也听不见丈夫早晨起床后在苏州浴盆里洗澡的声音。他曾经无比鲜活地活着，现在却死了。修女们对她基督徒式的听天由命的信仰感到十分惊奇，也钦佩她忍受丧夫之痛的勇气。只有维丁顿这个家伙太狡猾。尽管他少有的一本正经，参加吊唁，表示出同情心，凯蒂总觉得他——应该怎么说好呢？——有点儿口是心非，话语中像是在嘲讽她。瓦尔特的死，对她打击太大，她虽然没有爱过他，但是还不至于希望他死，应该表现出适当的忧伤才算得体。倘若被别人看透了真实情况，那真是太糟糕了，会被骂得很惨。可她经历了那么多事，不需要再伪装自己。至少在最近几个星期，她学会了这一点：如果说，对别人说谎有时是迫不得已的话，对自己撒谎却在任何时候都是卑劣的。她很难过瓦尔特这样悲惨地去世，但她的难过只能是最普通的悲伤而已，就像一位熟人去世了她也会这样感到难过。她承认，瓦尔特有很多优秀的地方，值得钦佩，可是偏巧她就是不喜欢他，瓦尔特总让她感到乏味。她不会承认瓦尔特的死让她如释重负，如果当时她的话能让他起死回生，她保准会愿意说那句话，绝不会犹豫。老实说，现在瓦尔特走了，她倒是觉得日子稍稍轻松了些。就算他们生活在一起，以后的生活也不会快乐，但是想分开又是特别难。她对心中有这样的想法感到吃惊，如果别人知道她是这么想的，一定会认为她是薄情寡义又冷酷无情的坏女人。还好，没人会知道这些。她怀疑人人内心都会有不为人知的秘密，随时提防着，不被人好奇的目光窥探。

以后会怎样，她心中一片茫然，也没有任何计划。她能确定的是，要尽可能在香港做短暂的停留。一想到她就要抵达那里，心中就充满恐惧。她宁愿坐着这藤条编成的轿子，永远在这迷人的国家里漫游下去，在这阳光明媚、亲切友好的土地上，做一个冷漠的旁观者。任凭生活千变万化，她甘愿在不同的屋檐下度过每一个夜晚。可是眼下，她不得不考虑马上要面对的事情。等到了香港后，她要找个旅馆先住下来，随后把原先的房子处理掉，屋里的那些家具也要卖掉。没有必要跟汤森见面，他要是有那个自知之明，也不会来找她的。尽管如此，她还是想再见他一次，只为了当面告诉他，在她心中，他是一个多么卑鄙的小人！

可是，转念一想，查理·汤森有那么重要吗？

这时有个念头一直在敲打着她的内心，仿佛一把竖琴，弹奏出欢快的节奏，并像贯穿整个交响乐复杂的和声一样。正是这样的感觉，让她领会了稻田的异域风情之美；正是这样的感觉，让她感受到，那位面容光洁的小伙儿，得意扬扬地驾着去赶集的大车经过她的身边，用大胆的眼神看着她，使她苍白的嘴唇露出了一抹微笑；正是这种感觉，使她路过的每一个城镇都有一种热闹喧嚣的生活魅力。那座瘟疫肆虐的城市犹如一座牢笼，现在她逃脱出来了。以前她从来没有留意，天空竟然如此湛蓝。斜倚在堤道上的竹林也这么优雅得让人感到快乐。自由，这便是萦绕在她心头的欢快念头。尽管未来还是模糊一片，但是这个念头却光芒四射，如同清晨的阳光，驱散了河面的雾霭，焕发出迷人的光彩；自由，这不仅仅是解脱烦恼的自由，更是解脱苦闷婚姻的自由；自由，也不仅仅是逃离死亡威胁的自由，更是从沉沦堕落的婚外恋中获得的自由。这是摆脱一切精神枷锁后获得的自由，更是脱离了躯体，得到灵魂上的自由！有了自由，无论未来会怎样，她都会有勇气无所畏惧，从容面对。

七十一

轮船终于在香港靠了岸，凯蒂一直站在甲板上，望着河面上五颜六色、来来往往的船只。这时她走进船舱，看看女佣整理好的行李物品有没有遗落下来的。她在船舱里的镜子前很自然地看了一眼，这个镜子里的女人，一身素黑。这是好心的修女们为她临时染成的衣服，权当作丧服。她此时脑海里闪过一个念头，要购置一些衣服了，不过这居丧的装束，却遮掩了她不合时宜的想法。

这时，有人敲了敲她舱室的门，女佣上前把门打开。

“费恩太太。”

凯蒂从镜子前转过身，看到来客的脸后，没有立刻认出来这个人是谁。接着她就感觉到自己的心怦怦地乱跳，她的脸也紧跟着红了起来，来人竟然是多萝西·汤森。凯蒂怎么也想不到会见到她，一时不知道该说些什么。倒是汤森太太走进船舱后，很主动地伸出双臂拥抱了凯蒂。

“唉，亲爱的，亲爱的，我真为你感到难过。”

凯蒂任由她吻了几下。她原本以为这个女人为人冷漠，不好亲近，没想到她的感情也会这么热情洋溢。

“谢谢您的好意。”凯蒂低语道。

“我们到甲板上去吧，这里女佣会照看好行李。我家的仆人也都过来帮忙了。”

她说着拉住凯蒂的手，凯蒂也很顺从地跟着她到甲板上去，因为凯蒂发现，这张和善、饱经世事的脸上流露出真切的关怀。

“你们的船提前到了，我差一点儿没能及时赶上，”汤森太太说，“要是没能接到你，我可就无法原谅自己了。”

“你是特意来接我的？”凯蒂惊讶地叫道。

“不会错，当然是特意来接你的！”

“可你怎么知道我今天要回来？”

“维丁顿先生给我发了电报。”

凯蒂转过身去，激动得如鲠在喉。这真是好笑，这么一点点出乎意料的事情，竟让她如此感动。她可不想哭，她真希望多萝西·汤森马上走开，可多萝西一直抓着她的手不放，这个颇有心计的女人，竟然也会这么容易动感情，这反叫凯蒂感到不好意思。

“我有个请求，你在香港这段时间，我和查理希望你能跟我们一起住，如果你能答应的话，就算是帮了我们的大忙。”

凯蒂忙把手抽了回来。

“非常感谢您的这番好意，可是我不能去。”

“你必须要去。你不能一个人住在原来的房子里，这样做不合适，孤零零的一个人这也太可怕了。我已经把一切都安排好了，你有自己独立的起居室，如果你不方便和我们一起用餐，也可以在房间里独自享用。我们可都盼望着你呢。”

“我没打算回原来的地方住，我准备在香港的宾馆订个房间。我不想给你们添这么多的麻烦。”

这个邀请让凯蒂格外惊讶，她既感到困惑又非常恼火，真是左右为难。如果查理是个正人君子知道一点儿廉耻的话，就不应该让他老婆来邀请她。她不想欠他们夫妻任何一个人的人情债。

“哎呀，我可不想让你去住什么宾馆，现在的宾馆真让人受不了，到处都是人，没有一个清静的地方，乐队一直在演奏爵士乐，一天从早到晚闹个没完。请你快答应我们，跟我们一起住吧。我向你保证，如果你想一个人待着，我和查理绝不打扰你。”

“我不明白你们为什么对我这么好。”看着她真心实意的样子，凯蒂越发找不到推辞的理由，她没法让自己狠下心来说“不”，只好勉强地说，“恐怕现在我跟陌生人住在一起不合适。”

“我们是陌生人吗？哦，我们早就认识了嘛，我可不想让你那么想，我还希望能成为你的朋友呢。”多萝西双手紧扣在一起，眼中闪烁着泪花，声音正被感情所控制，发着颤音，失去了平日里的冷静、审慎和尊贵，“我非常希望你能答应下来，不瞒你说，我还要借此对你有所补偿。”

凯蒂完全没有听明白，查理的老婆会对她有什么亏欠。

“想当初，我并不太喜欢你，觉得你太放荡。你知道，我这个人比较保守，现在看起来是我的气量太小。”

凯蒂迅速地瞥了她一眼，她的意思是说凯蒂是个很放荡的女人。尽管设法不让自己表露出来，但凯蒂在心里却笑开了：她现在才不会在乎别人怎么看呢！

“当我知道你和你丈夫去了那块死亡之地时，我听说你没有片刻的犹豫，这让我感到自己太小家子气了，也让我羞愧难当，更让我懊悔不已。你是如此出众，又是如此勇敢，让我们所有人都显得那么平庸。”说到这儿，眼泪顺着她和善又亲切的脸缓缓地流下来，“我实在无法用语言来表达对你的钦佩和敬重。我知道，无论我做什么，都难以弥补你所承受的巨大损失，但是，现在我希望你能明白，我是多么真诚地同情你。如果你能允许我为你做出一点儿事情，我将感到十分荣幸。不要因为我对你有过误判就怀恨在心。你是个勇士，是人们心目中的英雄，而我只是个愚蠢又可笑的傻女人。”

凯蒂低头看着甲板，在心里做着痛苦的决定，脸色也显得苍白。她真希望多萝西不要这样把感情流露得一发不可收拾。说实话，她确实被她的这一番话语打动了，但她还是有些不耐烦。这个女人头脑多么简单，竟然相信那些鬼话！

“如果你们真想让我去，我也盛情难却，那我就冒昧地去贵府打扰了。”她轻声叹息道。

七十二

汤森夫妇家住在山顶上，那里的视野辽阔，可以俯瞰大海。通常情况下，查理都不回家吃午饭。凯蒂刚到香港的那天，多萝西跟她说，如果她想见见查理的话，他准会赶回家来表示欢迎，以尽地主之谊。凯蒂心想，既然迟早都要见到他，还不如马上见到为好。她还兴味十足地想，她的这个要求，一定会让他尴尬不已，她正巴不得看看他那不自然的尴尬相。她非常清楚，邀请她来他们家，只是他妻子的一时兴起，尽管他本人并不太同意，但他顾不得自己的感受还是同意了。这一点凯蒂很了解他，查理在待人接物时，能做到得体的愿望多么强烈，能热情款待她的到来，出于他的职务，也是再正常不过的事，这些对于他不过是举手之劳。不过，要是他能想到他们最后一次见面时的情景，一定会很尴尬吧。对汤森这个虚荣自负的人来说，这件事如同一块永不愈合的溃疡，想甩都甩不掉，一定会让他感到又气又恼。他曾深深地伤害了她，她也希望能像他伤害她那样伤害他。一想到他会恨自己，她就心情大好，她很庆幸自己没有恨他，而是鄙视他。无论他对自己是怎么想的，他都不得不热情款待，一想到这个画面，真是既讽刺又好笑。那天下午，她离开他的办公室，他一定满心希望这辈子再也不要见到她。

可笑的是，就在此时此刻，她和多萝西坐在一起，等待着查理回家。这是一间豪华的客厅，她感到内心的欢喜。她安坐在一把扶手椅里，周围摆放着可爱的鲜花，墙上挂着令人赏心悦目的油画。屋里的百叶窗拉着，将灼热的阳光挡在外面，这让人感觉很凉爽。她突然想到他们住过的传教士留下的空荡荡的平房，她不禁打了一个寒战。在那座平房里，光秃秃的墙壁，只有一张铺着棉桌布的桌子用来就餐，还有几把藤椅，又脏又旧的书架上摆着几本廉价的小说，短小的红色窗帘落满了灰尘。唉，那个地方真让人不舒服呀。恐怕那些多萝西连想都想象不到。

她们听到汽车的声音。过了不大一会儿，查理就大步流星地走了进来。

“我来迟了吧？但愿没让你们久等。我刚才跟总督在一起，实在是抽不开身。”

他走到凯蒂面前，握住了她的双手。

“你能来到我家，我感到非常高兴。我想多萝西都跟你说过，我们真心希望你能把这里当作自己的家，想住多久都行。还有，我还要亲口再对你说上一遍。如果你还有什么需要的话，我很荣幸，随时愿意效劳。”他的眼睛里流露出迷人的真诚，那样子很有魅力，这让凯蒂怀疑，他是否看见自己眼睛里满是嘲讽的目光，“我这个人笨嘴拙舌，有些事表达不出来，但我也不想让人觉得自己是个愚笨的大傻瓜，我就是很想让你知道，对你丈夫的去世我深感同情。他是一个了不起的好人，这里熟悉他的人都很怀念他，怀念的程度真是无以言表。”

“别说了，查理，”他的妻子忙接过话题说，“我想凯蒂会明白的……鸡尾酒送上来了。”

按照外国人在中国的排场，两个穿制服的华人男仆走进房间，端进几样开胃菜和鸡尾酒，凯蒂婉言谢绝。

“哎，你应该喝上一杯，”汤森愉快而又热情地坚持道，“这样对你的身体会有好处。我敢说你离开香港后，肯定没喝过像鸡尾酒这样的东西了。如果我没有猜错的话，你们在湄潭府肯定弄不到冰块的。”

“你说得没错。”凯蒂说。

一时间，她的脑海里浮现出一幕情景，那个蓬头垢面的乞丐，穿着褪了色的破烂衣衫，遮掩着枯瘦如柴的身体，紧靠着墙根，人却不知道死去了多长时间。

七十三

他们开始共进午餐。查理坐在餐桌首座的位置，轻松地掌控着话题。在表达完最初的同情后，他便不再把凯蒂当作刚遭遇不幸的人，而是像在上海刚刚动完阑尾这样的小手术，眼下到香港来调养的人。凯蒂不应该沉湎在痛苦里，她应该快活起来，汤森早就准备好了逗她开心快乐的段子，这是他的拿手好戏。让她解除心中的戒备，就要待她如亲人一般让她感到自在。在这方面，他可是很有一手，他开始侃侃而谈，什么秋季赛马会、马球比赛——天哪，如果他还不能把体重降下来，就不得不放弃马球运动。他还谈到上午他跟总督谈话的事情。他谈他们在海军旗舰上举办的那场舞会，又谈到广东的时局，以及庐山高尔夫球场的现状。没过多长时间，凯蒂就觉得自己刚刚出了趟门，现在又回到了自己熟悉的环境。简直叫人难以相信，在与此相隔六百多英里的那座城市（相当于伦敦到爱丁堡的距离，对吧？），那些男女老幼正在死去。没有多长时间，她就开始问东问西了，是谁在打马球时摔断了锁骨，他现在怎么样了；某某人的太太是否已经回国了，某某先生是不是还在参加网球锦标赛，诸如此类。查理扬扬得意地说着他的拿手好戏，不时还讲点笑话，凯蒂对此报以微笑。多萝西在一旁，带着些许优越感（这种优越感也传染到凯蒂身上，不再让她感到讨厌，反倒成了两人维持关系的纽带），他们又对香港的各色人等温和地挖苦一番。凯蒂开始变得活跃起来。

“你瞧，她的气色现在好多了，”查理对着妻子说，“午餐前，她的面色还那么苍白，看着都吓人。现在，她的双颊已经泛着红润的光泽。”

凯蒂和他们说话时，虽然还没达到非常高兴的地步（在她看来，无论是多萝西，还是注重礼节的查理，都不喜欢她这么快走出丧夫之痛），但是神情相对刚来时，还是好多了。她也在暗中留意着没办法羁留在这家的男主人。在过去几个星期里，她对他怀恨在心，脑子里早就形成了一个鄙夷他的形象：他那浓密的鬈发梳理得极为仔细；为了掩盖渐渐花白的头发，涂了太多的发油；他红光满面，看上去神气十足，实则是脸颊上布满了网状的血丝；他的下颌肥大，如果不刻意抬头掩盖，就可以看见他松弛的双下巴；他犹如猿猴般的眉毛，虽浓密却也见白，分不清棱角，让她隐隐感到反感；他的动作有些笨重，饮食上的节制和经常参加运动并没有阻止他发福；他的身体缀满了赘肉，关节也不太灵便，像一般的中年人一样动作僵硬；那身年轻人穿的衣服在他身上显得紧巴巴的很不搭。

可是午饭前，当他走进客厅，凯蒂再次看到他时，着实为他的外表震惊了（这也许是她脸色明显苍白的一个原因）。因为她发现自己的想象跟眼前看到的开了一个不可思议的玩笑。查理丝毫不像她想象的那样，她觉得自己好好笑。查理的头发没见花白，只有鬓角有几根白发，还不是很明显；他的脸也没有红血丝，只不过晒黑了点儿；他的五官也很搭配，下巴也没有太肥大；他的身材看上去很匀称，既没有发胖也没有变老，体形健美——如果这一点能让他自负的话，也犯不着就此指责他——从外表来看，简直就像个年轻人。再说，他也很注重衣着，穿着得体利整。如果连这一点事实都要否认，那也真是太可笑了。真不知道自己为什么要把他想象成那副模样呢？查理确实是一位仪表堂堂、英俊潇洒的男人。幸运的是，她已知道他的内心是多么龌龊。她从来没有否认过他的声音浑厚深沉，充满磁性，与她记忆里的声音完全一样。可是这美妙的声音，缺少真诚，尽说些虚伪无用的东西。她很纳闷儿，自己当初怎么会轻而易举地受了他的骗？他的那双眼睛很迷人，这便是他的魅力所在。双眼目光柔和，扑闪着蓝莹莹的光芒，即使在他信口开河、大放厥词的时候也神采飞扬，不被他打动都难。

午餐结束前，仆人将咖啡端上来。查理点上一支平头雪茄，接着看了看手表，然后从桌子旁站了起来。

“好了，余下的时间留给你们两位年轻女士好好聊聊。我现在要回办公室了。”他稍稍思考了一下，用友好而迷人的目光注视着凯蒂，他说，“这一两天之内，你需要好好休息，我就不打扰你了。等你休息好了，我回头跟你商量点儿事情。”

“跟我商量？”

“我们必须把你的房子处置好，还有那些家具。”

“哦，不用了，这件事就交给律师吧，他会为我处理这些事的。我没有理由再麻烦你们了。”

“我可不想把钱浪费在请律师上面，这样会花冤枉钱，我会负责处理好一切的。要知道你有权获得一笔抚恤金，我会跟总督大人通融一下，尽量能多为你争取一点儿。你尽管放心好了，现在我们都希望你好好休息。我说得对不对，多萝西？”

“非常对！”

他朝凯蒂示意了一下，然后从多萝西椅子旁经过时，拉起她的手吻了吻。大多数英国男人亲吻女人的手都显得笨拙，他却做得优雅自如。

七十四

凯蒂安定下来之后，才发现自己真的是很疲累。环境的舒适和不曾有过的礼遇缓解了她一直以来的压力，她都忘了一个人的自由自在是多么舒心愉快的事，眼下被各种好看的东西包围着，美好的环境令她心旷神怡，得到别人关注让她心满意足。她如释重负地叹了一口气，身体尽量保持着端庄，沉浸在肤浅的浮华中。以一种谦逊和有教养的姿态，成为人们同情和关心的对象，这种感觉来之不易。经历了丧夫之痛，人们也不可能安排些热闹的娱乐活动来欢迎她。不过，香港有身份的贵妇们（总督夫人、海军上将夫人与首席法官夫人）都纷纷过来探望，与她安静地喝一会儿茶。总督夫人还说，总督很想见见她，倘若她肯去总督府吃顿便餐（“当然，算不上什么宴请，只有我们几个人，还有几位副官”），那该有多好。这些贵妇待凯蒂犹如一件贵重易碎的瓷器，十分珍视她。在她们眼里，凯蒂算是个凯旋的英雄。凯蒂看得明白，她有足够多的兴致，低调而谨慎地扮演着这个角色。要是维丁顿在这儿，那就有意思多了。这个精明的坏家伙，自然看得出这里面滑稽可笑的地方，等她们散去，就剩下他们两个，总会笑到肚子痛。维丁顿给多萝西写过一封信，信上说，凯蒂在修道院里工作热情，面对可怕的瘟疫勇气可嘉，丈夫病故后还能节哀自制地工作。显然，维丁顿是在有意愚弄这些贵妇。这个卑鄙的坏家伙！

七十五

自从凯蒂住在汤森家后，从来没和他单独待过，哪怕是片刻的时间也没有，不知道是出于偶然还是有意的躲避。汤森这个老奸巨猾的家伙，一直和凯蒂保持着距离，是那种友好、同情、体贴，又活泼而亲切的姿态。让人想象不到，他们的关系曾非比寻常。然而直到有天下午，她正躺在卧室外的沙发上看书，查理从走廊那边走过来，停在她跟前。

“你在看什么？”他若无其事地问。

“一本书。”

她故意讥讽地看着他说，他却无所谓地笑了笑。

“多萝西去总督府参加花园聚会。”

“我知道。你为什么不一起去？”

“我不喜欢那样的聚会，我更愿意回来陪着你。车子就在外面，你想出去看看吗？”

“不想，谢谢你。”

他在她躺着的沙发边坐了下来。

“自从你来到我家，我们还没机会单独聊聊。”

她傲慢地看着他。

“我们之间还有什么好谈的吗？”

她猛然把脚移开，跟他保持着距离。

“我有好多的话要跟你说，你还在生我的气？”他试探式地问。他那迷人的微笑，铁石心肠的人看了都会心软。

“怎么会生气呢。”她表现出无所谓地大笑起来。

“如果你是真的不生气，不会这么大笑的。”

“你弄错了。我鄙视你还来不及呢，哪还会生你的气。”

她充满自信地说：

“你不觉得你对我太刻薄了吗？冷静地回想一下，难道你不觉得我说的是对的吗？”

“你只是考虑你自己。”

“现在，你也算是了解多萝西了。你总该承认她人挺好吧。”

“那当然。她对待我像朋友一样，我永远都会感激不尽。”

“她是众里挑一的大好人。如果我们分开了，我的内心会得不到安宁的。如果抛下她不管，那我真就是卑鄙无耻了。说到底，我还得为我的孩子们着想，一旦离了婚，对他们的影响也很大。”

她听了，若有所思地看着他好一会儿，自信自己能掌握好这个局面。

“我来你们家有一个星期了，我也在观察着你，得出的结果是，你确实离不开多萝西，这是我以前没有想到的。”

“我记得跟你说过，我很喜欢她，我不会做出伤害她的事。她是一个男人所能拥有的最好的妻子。”

“难道你都没想过，你对她有失忠实？”

“正所谓眼不见、心不烦嘛。”他嬉笑道。

他耸了耸肩膀。

“你真无耻！”

“我也是人，是个有着正常情欲的普通人。我不明白，你为什么老说我无耻，仅仅因为我爱你爱得神魂颠倒？你也知道，当爱情来临时我也是身不由己。”

听他这么说，她的内心仿佛被触碰了一下。

“我不过是你随手俘获的猎物罢了。”她厉声说道。

“我也没有想到，我们会碰到这么糟糕的局面。”

“不管怎么说，你都善于为自己打算，就算有人倒霉，这个人也不会是你。”

“你这么说，我觉得太过分了。话说回来，现在一切都过去了。你应该明白，为了我们相安无事，我尽了最大的努力。你当时被爱情冲昏了头，你应该庆幸我始终保持着冷静。如果要按照你的想法来处理，你觉得这事能成吗？我们就像热锅上的蚂蚁，忍受着煎熬。要是掉进火堆，下场可就太惨了，况且你现在也没受到什么损害，难道我们就不能摈弃前嫌、和好如初吗？”

她笑得几乎要失态了。

“你可别指望我会忘了此事，你当时把我往火坑里推，你的良心难道没有一丝一毫的愧疚？”

“哦，你简直是在瞎说。我告诉过你，要是预防得当，就没有危险。要是我不确定这一点，我能舍得让你去吗？”

“你确定这是你当时想的那样吗？你是个懦夫，只为自己着想。”

“布丁好不好吃，上口尝尝才会知道。你终于平安地回来，恕我冒昧，你这次回来，比以前更漂亮了。”

“那瓦尔特呢？”

他冲她无所谓地轻松一笑，脑子里冒出一句诙谐的话。

“没有什么颜色比这黑色更适合你了。”

她盯着他看了好一会儿，泪水开始在眼圈里打转，接着她放声痛哭起来，美丽的脸因悲伤而扭曲。她也不想掩饰。她仰卧在沙发上，双手自然地垂在身旁。

“看在上帝的分儿上，别那么哭了。我不是有意伤害你，只想开个玩笑。你要知道，我对你的丧夫之痛深表同情。”

“呸，闭上你的臭嘴！”

“要是瓦尔特能复活，我愿放弃任何东西。”

“他的死，我们俩都脱不了干系。”

他拉住她的手，但是她马上把手抽回来。

“请你走开，”她抽咽道，“你现在唯一能为我做的事情就是快点走开。我恨你，鄙视你，瓦尔特要比你强上十倍，我真是个大傻瓜，以前我竟然没有看出这一点来。走开，马上走开！”

她不想听到他再说些什么，便站起来，径自回到自己的卧室。他紧随其后，也跟了进去。出于谨慎，他随手将百叶窗拉上，他们几乎处在黑暗中。

“我不能丢下你不管，”他一边说着，一边伸出手拥抱了她，“你应该明白，我不是故意要伤害你。”

“别碰我！看在上帝的分儿上，赶紧走开，快点儿走开！”

她用尽力气想从他的搂抱中挣脱开，但是他就是不肯放手。

她只有歇斯底里地大哭起来。

“亲爱的，难道你不知道，我一直都爱着你吗？”他在她耳畔低声说道，“我现在比以前更爱你。”

“这种谎话你也说得出口！放开我。该死的，赶紧快放开我。”

“别对我这么无情，凯蒂。我知道，在你眼中，我就是个大浑蛋，但还是请你原谅我。”

她哭泣着，浑身在颤抖，努力挣扎着，想从他的怀中挣脱出来。可是奇怪的是，他搂得更紧了，越是搂得紧，她越有安全感。她曾经是多么渴望这种拥抱的感觉，当时哪怕只拥抱她一下，就一下，她都不会感到伤心绝望。她的身体在发抖，浑身虚弱无力，就好像全身的骨头也绵软下来。此时，她对瓦尔特的悲伤胜过于对自己的怜悯。

“当时，你为什么对我那么无情？”她抑制不住地说，“难道你不知道我全心全意爱着你，没人会像我那样爱着你了。”

“我亲爱的宝贝。”

他开始大胆地吻她。

“不！不！”她喊道。

他想吻她的脸，她躲开了，他又用嘴去摸索她的唇。她听不清他在说着什么，只知道断断续续，说的都是热烈的情话。他抱得那么紧，让她觉得自己就像是走失的孩子，终于安全到家。她发出微弱的呻吟声，幸福地闭上了眼睛，脸上早已被泪水打湿。这时，他终于吻到了她的嘴唇。他的吻，如欲望之火燃遍了她的身体。心醉神迷之间，周身幻化出烈焰般的光芒，好像飞升幻化了一般。曾几何时，在无数个梦中，她都熟悉这种欣喜若狂的感觉。他在对她做什么呢？她不想知道。她已不再是个女人，除了欲望，为人的操守已经失效。他把她抱起，她的脚如轻飘的云一样离开了地面。被他抱着的感觉真好，她柔顺地依靠在他怀里，满怀渴望和爱慕。最后她的头陷在枕头上，他紧跟着贴上来与她的唇交融在一起。

七十六

她坐在床边，双手遮面。

“想喝点儿水吗？”他问。

她痛苦地摇了摇头。他走到盥洗台，用刷牙杯倒满水，给她端过来。

“来吧，喝点儿水，你会感觉好受些。”

他把水杯递到她的嘴边，她轻轻抿了一口。她看着刷牙的杯子，随后，用嗔怪的眼神注视他。

他站在她的身边，意犹未尽地俯视着她，眼睛里流露出称心遂意的得意之色。

“在你心中，我还是那个自私卑鄙的小人吗？”他问。

她低下了头。

“是的，我还知道，我比你也强不到哪儿去。”

“哦，我看你好赖都不分了。”

“你可以走了。”

“对了，我想时间也差不多了，我得赶在多萝西回家前，从这里走掉。”

他迈着轻快的步子，急匆匆地走出了房间。

凯蒂坐在床边没有动，她弓着身子，脑子一片空白，活像个傻瓜似的一动不动。突然她的意识仿佛被什么击了一下，她颤抖地站了起来，踉踉跄跄走到梳妆台，跌坐在椅子上。她看向镜中的自己，只见那双眼睛红肿，脸也哭花了，脸颊的一侧，还留下他压过的印痕。还是同一张脸，无法想象，这个镜中的人，就是她自己。她原本期待能在里面看到一张不再坠落欲望的脸。

“下贱！”她对着镜中的自己破口大骂，“真是下贱！”

她悲伤地伏在梳妆台上痛哭起来。羞耻，真是太让人感到没有颜面了。她不知道这是中了什么邪，照这样下去真是太可怕了。以前，她恨他；现在，她更恨自己，那种欲望得到满足的狂喜真是令人迷醉，不，这太可恶了，她再也不要见到他。看来他的想法是对的，他没想娶她是多么有道理，她太贱了，简直就是个妓女，比妓女还不如，那些可怜的妓女是为了面包才出卖肉体。就在这幢房子里，多萝西看她可怜，才把她领进家门，却不知她竟然干出这样的勾当。她的肩膀随着她的痛哭流涕抖动着，她悲观地意识到，一切都化为了泡影：她以为自己改过自新了，变得意志坚强，回到香港后，会是一位自持、不为外界所扰的智慧女人，那时她是多么地盲目乐观，无数的新想法，就像阳光下翻飞的黄色蝴蝶，让她期待着美好的未来。自由就像圣灵的荣光召唤着她，世界就像广阔的平原，让她昂首阔步地向前走。她本以为摆脱了肉欲和卑劣的情爱，过上自由自在，富有洁净、健康的精神生活。

她曾把自己比作黄昏时悠闲飞过稻田的白鹭，它们就像安闲自处时翱翔不已的思绪，可事实上，她仍是欲望的奴隶，懦弱呀懦弱，真是无可救药的懦弱，任何努力都白费了。她就是个堕落的荡妇。

她不想去吃晚饭。她让仆人转告多萝西，说她有些不舒服，只想待在卧室。多萝西来看她，看到她哭得红肿的眼睛，不放心地又和她聊了一会儿。凯蒂知道，多萝西以为她一直在为瓦尔特的缘故而伤心哭泣，所以表露出语调温柔、富于同情心的家庭主妇本色，并对她合乎情理的悲伤给予了尊重。

“我知道你心里肯定很难过，亲爱的。”她离开前对凯蒂说，“但你一定要坚强起来，勇敢面对生活。我想，你丈夫若是在九泉之下有知，也不希望你伤心难过。”

七十七

第二天一大早，凯蒂早早就起来了。她给多萝西留下一张纸条，说明她出去办事去了，便搭上电车下山去了。街道上到处是汽车、黄包车和人抬的轿子，不同肤色的欧洲人和中国人混杂在一起。凯蒂穿过热闹繁华的街道，来到半岛东方轮船公司售票处。有一艘轮船要在两天后起航，这是最早出港的船。她拿定主意，想尽一切办法也要乘船离开这里。售票员告诉她，所有的舱位都已经售完。她便要求见总代理，并通报了自己的姓名。只见跟她有过一面之缘的总代理亲自出来，邀请她进了办公室。他基本了解她的情况，凯蒂说出自己的想法后，他叫人取来旅客名单。他看过名单后，有些犯难了。

“我恳求你想办法帮帮我吧。”她焦急地说道。

“我想，这里的每一个人，都愿为您效劳，费恩太太。”他慷慨地回答道。

他叫来了一位职员，询问了他几句，然后点了点头。

“我要调换一两个人的位置，尽最大的努力，保证你早日回家。我可以给你安排一间单人小客舱，希望你能喜欢。”

她向他表达了谢意，便轻松愉快地走出了办公室。赶快离开，她心里只有一个念头，赶快离开这里。她先给父亲发了一封电报，告诉他自己回国的日期。在此之前，她曾电告父亲瓦尔特去世的消息。随后，她又回到汤森家，把订船票的事告诉了多萝西。

“你要离开香港，我们感到非常难过，”这位心地善良的人说，“你想早日回到父母身边，我也十分理解你的心情。”

回到香港后，凯蒂每天都在犹豫着，要不要回到原先的住处。她害怕再次走进那扇门，担心触景生情，回忆过去的事情。可是现在她马上要回国了，不得不再到这房子里看一看。汤森已经把出售家具的事办妥，并找到了急于租赁这房子的人，但是房子里还有她和瓦尔特的衣物。他们去湄潭府时，几乎什么都没带，屋子里还有他们的图书和照片，还有一些其他物品。凯蒂恨不得跟过去一刀两断，对他们的生活用品，如果任由这些东西流入拍卖行，将会极大刺痛上流社会敏感的神经，说不定他们还会全部打包，托运回国寄给她。用过午餐，她打算回去看看，多萝西很想帮她，主动提出陪她一起去，可是凯蒂坚持自己一个人去。推辞再三最后她同意，让多萝西派两个仆人，协助她整理东西。

那座房子一直由管家照看着。他打开大门后，凯蒂走进自己的住处，面对这样熟悉的东西，她仿佛觉得自己就是个陌生人。室内被收拾得干净整洁，一切物品的摆放还是原来的样子，似乎正等着他们回来取用。尽管外面的天气温暖明媚，房间里却很冷清。一件件家具摆放在那里一如从前，就连上面摆放的花瓶也是在原来的位置上。凯蒂记不清是什么时候打开反放着的一本书，依然倒扣在那儿。这一切就像在上一分钟刚刚发生，转眼间却是人去楼空，这短短的一分钟，却相当于漫长的永恒，再也无法想象，这座屋里会充满欢声笑语。钢琴上一本狐步舞曲乐谱，似乎在等待着它的主人来演奏。似乎还有一种感觉，时间静止了，即便有人摁下琴键，也不会再发出任何声音。瓦尔特的房间还像他在的时候一样整洁，橱柜上摆放着两张放大的照片，一张是凯蒂穿晚礼服的照片，一张是凯蒂的婚纱照。

两个仆人从储藏室里搬出装行李的大箱子，开始给物品打包装箱，他们的动作训练有素。凯蒂在一旁看着，照这样的速度，两天的时间足够收拾停当。她不能再在这些事情上胡思乱想，眼下也没有时间容她多想，她要尽快把这里的物品清理好。突然，她听到身后传来一阵脚步声，扭身一看，原来是查理 · 汤森，她的心里感到一阵失望。

“你来干什么？”她冷漠地说。

“能去你的起居室吗？我有话要和你说。”

“我现在正忙。”

“只需五分钟。”

她没再说什么，跟仆人交代几句，叫他们别放下手中的活计，便领着查理走进隔壁的房间。她没有坐下，以示不想耽搁太多时间。凯蒂脸色苍白，心跳得厉害，她知道她不能自已，但是她故意用充满敌意的眼神注视他。

“你来干什么？”她冷冷地问。

“我刚从多萝西那儿得知消息，说你后天回国。她跟我说，你回来收拾东西，她让我给你打个电话，看看有什么需要帮忙的。”

“谢谢你的好意，我一个人完全能应付得了。”

“我也是这么想，但我到这儿来不是问这事。我想说的是，你突然要回国，是不是因为昨天发生的事？”

“你和多萝西对我很好，我不想让你们觉得我是在利用你们的善良。”

“你说得太绕了，没有直接回答我的问题。”

“这个问题对你重要吗？”

“当然重要。我不希望是因为我，让你离开这里。”

她在桌子旁站着，低头看上去，桌子上有份报纸，那是几个月前的旧报纸。就在那个可怕的夜晚，瓦尔特一直盯着它，可是现在瓦尔特他……她抬起头。

“我觉得我彻底堕落了，我看不起自己，但我绝不允许你再来鄙视我了。”

“可我没有鄙视你，我昨天对你说的每句话都是真的。你就这样溜之大吉，对你又有什么好处呢？我不明白，为什么我们就不能友好相处呢？你总说我对你薄情寡义，我可不想让你认为是我怠慢了你。”

“不要再纠缠不清了，让我一个人冷静冷静，好吗？”

“真见鬼，我不是冷漠的木头人，也不是铁石心肠的人。你这么无动于衷地看待事情，简直是不可理喻。我原以为，经过昨天的事，你会对我好一些，毕竟，我们都是过来人。”

“我却觉得自己不是人，是动物，是猪、是兔子，哪怕是一条狗。唉，我没有责怪你，我跟你一样不可救药。我对你投怀送抱，是因为我也需要你。可是，那个人不是真正的我。真正的我，不是那个可恶、下流、淫荡的女人，我的丈夫尸骨未寒，你的太太又对我那么好，那个女人却在床上与你纵欲求欢。那个女人绝不是真正的我，而是我心里充满兽欲的动物，像恶魔一样邪恶恐怖。我唾弃它、憎恨它、鄙视它。只要一想到它，我就会觉得恶心，想吐。”

他微微蹙了蹙眉头，一脸尴尬地笑了。

“好吧，我可是心胸大度的人，不过你说的话，确实让人感到震惊。”

“如果是这样的话，那我就深表歉意了。你最好现在就走，你就是一个微不足道的小人。我跟你一本正经地说话简直是可笑。”

他没有马上走的意思，她看到从他蓝色的眼神里闪过一丝阴影，看出他被惹怒了。看到她走，他一定会如释重负，在正式的送行场面上，他一定会表现得很老到，彬彬有礼地为她送行，在握手道别时，他一定会祝她旅途愉快。而她呢，对他们的热情款待，也露出深表谢意的样子。一想到这虚情假意的场景，她都暗自好笑。不过，她发现他的表情瞬间变了。

“多萝西说你怀孕了。”他说。

她马上感到自己脸红了，但身体却没做出任何表示。

“是的。”她镇定自若地说道。

“孩子的父亲是我吗？”

“不是，是瓦尔特的骨血。”

她忍不住加重了语气。即便如此，这种失谐的语调，没有说服力。

“你能肯定吗？”他露出狡猾的坏笑，“别忘了，你和瓦尔特结婚两年来，都没有怀上孩子。从时间上看，倒有可能是我的。我想这孩子更有可能是我的，而不是瓦尔特的。”

“我宁可自杀，也不想怀上你的孩子。”

“哦，得了吧，别说胡话。如果是我的孩子，我倒会很高兴，也会引以为豪。我希望怀的是个女孩儿，我和多萝西生的都是男孩。用不了多久，你就会知道的，我那三个儿子，跟我长得简直一模一样。”

他又神采奕奕快活起来，她知道这是为什么。如果这个孩子是他的，即使以后他们不会见面，她也无法摆脱他，他的阴影会无时无刻不追随着她，会影响她每一天的生活。

“你这个自命不凡、可恶透顶的大浑蛋！遇到你，我真是活该倒霉。”她愤愤地说。

七十八

轮船驶进了马赛港。凯蒂朝陆地眺望着，那崎岖而美丽的海岸线在太阳的照耀下璀璨生辉。突然间，圣母马利亚的镀金塑像闯入眼帘，矗立在圣马利亚大教堂的顶端，被常年在外的水手们视为平安的象征。她想起远在湄潭府修道院的修女们，她们远离故土时，跪在甲板上，望着圣母像渐行远去，最后变成蓝天上一点金色的火苗，用祈祷减轻离别的苦痛。想到这里，凯蒂也双手紧扣合十于心，向自己一无所知的神灵祈福。

在漫长而平静的旅途中，她不停地思考着那件可怕的事。简直无法理解自己，这件事太突然了，到底是什么慑服了她，让她即便是那么鄙视查理，从心里鄙视他的情况下，还那么激情难耐，投入他肮脏的怀抱中去？她不能原谅自己，对自己的行为感到厌恶，如此自取羞辱，这让她一辈子都忘不掉。一想到这里，她就哭个不停，眼泪就势流下来。随着轮船离香港越来越远，她的满腔愤恨也在不知不觉中变得模糊。往事似乎都发生在另外一个世界。她就像一个突然发病的人，此时正处于康复阶段，依稀在为发疯期间所做的荒诞之举感到羞愧。她知道那不是她的本意，正因为身不由己，她还是有机会得到别人的宽宥的。凯蒂心想，至少宽容的人应该怜悯她，而不是责怪她。然而一想到自信心就这样被打击了，又不禁发出一声叹息。以前，摆在她的面前的，总以为是一条平坦的康庄大道，现在看来这条路崎岖不平，还有意料不到的困难在等待着她。航行在印度洋开阔的水域，凄美的落日余晖，让她内心平静下来。她感到自己正驶向另一个国度，在那里可以自由掌控灵魂，要是非得经过一番苦战才能重获自尊，她必定会鼓足勇气勇敢面对。

未来的日子是孤独而艰难的。在塞得港，她收到母亲回复她的来信。信写得很长，字号很大，字体很花哨。这是母亲青年时代的年轻小姐们都练习的又大又夸张的字体。字里行间措辞讲究，辞藻华丽，给人一种缺乏诚意的感觉。贾斯汀太太对瓦尔特的去世感到遗憾，对女儿的不幸给予同情，也担心凯蒂以后的生计没有保障，但香港管理部自然会提供一笔抚恤金。得知凯蒂即将返回英国的消息，她很高兴。她还说，凯蒂回来当然要跟父母住在一起，直到把孩子生下来。信的末尾是凯蒂孕期的注意事项，以及她妹妹多丽丝生孩子时的各种细节，比如小外孙出生时的体重，他的祖父说从没见过这么健康可爱的孩子。现在多丽丝又怀孕了，全家都盼望着再生一个男孩儿，以确保男爵的爵位万无一失地继承下去。

凯蒂总算是看明白了，这封信的关键还在于邀请她入住的时间期限。他们家过得也不算殷实，贾斯汀太太措辞有度地表明，她不想让丧夫的女儿成为家里的负担。想想小时候母亲对她百般宠爱，眼下她却令母亲大失所望，发现她简直是一个讨厌的累赘。父母与子女之间的关系多么奇妙哇！年幼时深受父母的溺爱，有一点儿小病小灾的，就让他们提心吊胆，孩子对父母也是敬爱有加，整日缠着他们。等孩子长大了，对他们的幸福来说，没有血缘关系的人，反倒比父母更加重要。冷漠地保持距离，代替了过去那种盲目的发自本能的爱，连见面都成了无聊和厌烦的根源。从前一想到分别一个月，就寝食难安、心烦意乱，现在几年不见都不会想念的。其实她的母亲也不用担心，她会尽快找到立足之地。不过，她需要一点儿时间，现在一切还没个头绪。她对未来还没有任何计划，说不定分娩的时候会难产死掉，这样一了百了，什么问题都解决了。

等轮船停驻在港口后，她又收到两封来信。看到是父亲的笔迹后，她感到很吃惊。在她的记忆里，父亲从未给她写过信，父亲不是感情外露的人，他的信开头像普通人称呼她那样：亲爱的凯蒂。他在信中告诉她，之所以替她母亲写这封信，是因为母亲身体不好，不得不去一家私人医院做手术。凯蒂看过信后，没有感到意外，仍然打算搭乘轮船四处转转，因为陆路交通费要贵很多。母亲不在家，凯蒂一个人住在哈灵顿街的房子里也不方便。另一封信是多丽丝写来的，开头是"凯蒂宝贝"，多丽丝这么写，不是因为对她有多深厚的姐妹之情，而是对所有认识的人都这样写。

凯蒂宝贝：

我想父亲已经写信告诉你了，母亲即将接受手术治疗。最近一年，她的身体一直很差，但是你知道她讨厌医生，一直在自己服用各种偏方。我不知道她的身体究竟得了什么病，因为她总在隐瞒自己的病情。只要别人问起她的健康，她就会大发雷霆，她的情况看上去十分糟糕，如果我是你的话，我就在马赛港下船，尽快赶回来。不过，不要泄露是我告诉你的，她总是佯装自己的身体没啥大碍，想让你在她出院之后再到家。她已经迫使医生答应，让她一个星期内出院。

爱你的多丽丝

又及：我对瓦尔特的去世深表悲痛。想必你熬过了非常艰难的日子。我真想很快见到你。多有意思，我们都有孩子了。盼着，让我们手握手在一起。

凯蒂陷入沉思，在甲板上站了一会儿，仍然想象不出母亲会生病。在她的记忆里，母亲向来是个生气勃勃、刚强果断之人，别人闹点儿小毛病，她总是无法容忍。这时，一个乘务员走过来，递给她一封电报。

沉痛告知你的母亲今晨病故。父。

七十九

凯蒂站在哈灵顿街的一处房门前，摁响了门铃。仆人告诉她，她的父亲就在书房。她轻轻推门进去。父亲正坐在火炉旁，阅读新一期晚报的最后一版。看她进来，父亲忙放下报纸，吃惊地站了起来。

“哦，凯蒂，我以为你是坐下一班火车来呢。”

“我不想劳你去车站接我，所以没有将行程拍电报告诉你。”

他探过身子让女儿亲吻脸颊，这熟悉的姿态，凯蒂记忆犹新。

“我正在看晚报，”他说，“这两天，我都没有碰过报纸。”

看得出来，这种时候还关心报纸是需要解释一下。

“当然，”她说，“你一定是累坏了。母亲突然去世，对你是个沉重的打击。”

和上次见面相比，父亲更显衰老、单薄。这是个满脸皱纹，身材瘦小，做事刻板的小老头儿。

“医生说她的病，一点治疗的希望都没有。她得病有一年多了，就是不肯就医。医生跟我说，她一定经常疼痛，忍受如此折磨，简直是个奇迹。”

“她从来都没抱怨过哪儿疼吗？”

“她只是说不舒服，从来没喊过痛。”他停住了，看着凯蒂突然说道，“长途旅行后，你现在很累吧？”

“还好。”

“你想上楼去看看她吗？”

“她还在家？”

“是的，我们从医院把她接回家。”

“好的，我现在就上去。”

“需要我陪你一起去吗？”

父亲语气有些异样，她赶紧看了他一眼。父亲忙将脸扭开，不想让她看见自己的神色。这几年，凯蒂精于看穿他人的心思。毕竟，她跟瓦尔特生活了这么些日子，可以从随便说的一句话，或者是不经意的一个动作，揣摩出丈夫深藏不露的想法，所以立刻猜出父亲是不想让她看出什么。他解脱了，一种发自内心的解脱，他因此感到惊慌。过去三十年，他一直是个忠实的丈夫，从来没责备过妻子，现在他本应对她的离世感到悲伤。更何况他一直像别人期待的那样行事，若是一个眼神、一个微小的动作，暴露出他的真情实感并非丧妻之痛，那将让他惊慌失措。

“不用，我还是一个人上去吧。”凯蒂说。

她来到楼上，走进那间宽大又阴冷、装饰虚华的卧室。很多年来，她的母亲一直在这里休憩。她还记得那些笨重的红木家具，以及墙壁上模仿马库斯·斯通所做的木刻画。梳妆台上的物品摆放得井井有条，这一刻板做法是贾斯汀太太一生坚持的准则。但那些鲜花显得格格不入，在贾斯汀太太生前，卧室是不会摆放鲜花的，那样会显得俗气、不自然，卧室摆放鲜花对健康也不利。那些鲜花的香气，没能掩盖刺鼻的霉味，还有那刚刚涮洗过的亚麻布的味道。凯蒂记得这是母亲卧室特有的气味。

贾斯汀太太仰卧在床上，双手交叉放在胸前，显得很温顺，而她这辈子根本无法容忍这种姿势。她的五官轮廓分明，尽管病痛让她脸颊与两鬓深深凹陷，但看上去仍很端庄，甚至是气势不减。死神夺去了她的一脸刻薄，最后留下性格坚毅的印迹，那遗容就像是罗马的一位女皇。凯蒂见过很多死人，只有这一个看似保持着生前原有的面貌，这让她感到奇怪，这泥塑的肉身曾是灵魂的暂居之所。看着母亲的遗体，凯蒂并没有太多的悲伤。她与母亲有太多酸楚的往事，没有在心里留下一点儿爱的感觉。回顾以前的自己，正是母亲一手造成她现在的样子。可是看着这个野心勃勃又飞扬跋扈的冷酷女人，安静地躺在那儿，想到她所有的志向、抱负都被死神给挫败了，又有点儿同情她。母亲算计了一辈子，使尽浑身解数谋划了一辈子，所期望的无外乎是些低级的、无聊的东西。凯蒂心想，她现在是否置身另外一个世界，用错愕的眼神审视她在地球上的生命轨迹。

多丽丝走了进来。

“我估计你会乘这趟火车回家，我觉得我也应该回来看看。真是太想不到了！我们可怜的母亲。”

她说着号啕大哭起来，扑向凯蒂的怀抱。凯蒂亲了亲她，心想，母亲当初是多么亏待多丽丝，对她疏于关心，态度又十分苛刻，就因为她长相平庸。她怀疑多丽丝是否真的像她表现的那样难过。不过，多丽丝一向多愁善感，是个感情脆弱的人。她倒希望自己也跟着痛哭一场，不然的话，多丽丝会觉得她薄情冷血。可这段时间，她经历了太多，实在懒得假惺惺地故作悲痛。

“你想去看看父亲吗？”等多丽丝哭累了，她便问她。

多丽丝擦了擦眼泪。凯蒂注意到，妹妹因为怀孕，行动更加笨重，加上身着黑色丧服，更显得臃肿邋遢。

“我不想去了，否则，我又要大哭一场。可怜的小老头儿，以惊人的毅力在强忍悲伤。”

凯蒂把妹妹送走，然后回到父亲身边。他正站在火炉旁，报纸已经整整齐齐地叠好，放在一旁。父亲是想让她知道，他没再去看报纸。

“我没有为晚饭换正装，”他说，“我认为没那个必要。”

八十

他们用过晚餐。贾斯汀先生向凯蒂详细讲述了贾斯汀太太病逝的过程，还告诉她有哪些好心的朋友写信来（他桌子上摆着一堆信，想到回复唁函的繁重，他叹了口气），以及如何安排葬礼。他们又回到书房。整栋房子里，只有这间书房生了炉火。他习惯地从壁炉台上拿起烟斗，开始装填烟丝，又马上犹疑地看了女儿一眼，下意识放下了烟斗。

“你不是要抽烟吗？”她问。

“晚饭后，你母亲不太喜欢闻到烟味。自打开战以来，我就戒烟了。”

父亲的回答让凯蒂一阵酸楚。一个上了年纪的老人，想在自己的书房里抽口烟，还要犹豫再三，这是多么可悲呀！

“我喜欢烟丝味儿。”她微笑道。

父亲的脸上掠过一丝宽慰，他又拿起烟斗，点着了烟丝。父女俩在壁炉的两端面对面地坐着。他觉得有必要跟凯蒂谈谈她的事情。

“我想你已经收到你母亲寄到塞得港的信。收到瓦尔特去世的消息，我们俩都深受打击。他是一位非常了不起的年轻人。”

凯蒂不知道该说什么好。

“你母亲跟我说，你快要生孩子了。”

“是的。”

“会在什么时候？”

“大约四个月后。”

“对你来说，这将是莫大的安慰。你一定要去看看多丽丝的儿子，小家伙长得可真可爱。”

他们说话的时候，态度比刚刚认识的陌生人还要疏远，要是陌生人的话，出于好奇，还会对谈话产生兴趣。可是他们的共同经历，使他们之间隔着一道无法逾越的高墙。凯蒂很清楚，自己从没做过让父亲喜欢的事情。父亲在这个家里，从来没有地位，仅仅被看成是母女三人的经济来源。父亲没有为全家提供更优越的生活，母女三人都有点儿瞧不起他。凯蒂想当然地认为，父亲是爱她的，因为他是她的父亲。后来发现，父亲对女儿毫无感情可言，让她深受震动。她知道，她们母女三人全都厌烦他，却没想到父亲也同样厌烦她们。面前的父亲还像从前一样和善、克制，但是凯蒂凭借从苦难中练就的洞察力，不无心寒地察觉到，父亲打心眼儿里不喜欢她，尽管他不会承认这一点。

父亲的烟斗似乎被塞住了，他站起身，去找个东西捅一捅。也许这只是他想掩盖内心尴尬紧张的借口。

“你母亲希望你住在这儿，直到你把孩子生下来。她原本打算把你原来的卧室收拾好。”

“我知道，我保证不给你添麻烦。”

“哦，这个倒没关系。眼下除了回家来住，显然你也没有别处可去。不过，我刚刚被任命为巴哈马群岛首席大法官，我已接受了这个任命。”

“啊，父亲，这真是天大的喜讯，我真心向你祝贺。”

"这个任命来得太晚了，你的母亲还来不及知道。她要是知道了，肯定会非常高兴。"

命运真是捉弄人哪！贾斯汀太太费尽心机，付出了那么多的努力，运筹了那么多的计谋，为此也饱尝了那么多羞辱，尽管她的野心因屡屡失败而降低标准，死的时候没能知道她的宏图大志终于实现了，这是多么辛辣的讽刺。

"下个月初我就要动身赴任。这栋房子自然会交到房产中介的手里，这些家具我也打算卖掉。很抱歉，不能让你住在这里了。等你找到住处，如果你喜欢哪件家具，我会非常愿意送给你。"

凯蒂注视着壁炉里的火，内心有些慌乱。听到这个消息，她竟然变得紧张起来。但她最后还是硬着头皮开了口，声音很不自信。

"我能跟你一起去吗，父亲？"

"你想跟我一起去？哦，我亲爱的凯蒂。"他的脸色往下一沉。父亲常这样称呼她，凯蒂觉得这不过是习惯的称呼。还是头一次注意到，父亲说这话的表情，他的态度一目了然，着实让她没有预料，只听父亲接着说，"可是这里有你熟悉的朋友，多丽丝也在这儿。我想你更愿意在伦敦租上一套房住下。我对你的经济状况不太了解，不过我会很愿意替你缴纳房租。"

"我的钱足够维持生活。"

"我要去的是陌生的地方，那里的情况我一点儿也不了解，我不知道你能不能适应。"

"我已经习惯了适应陌生的地方。伦敦对我来说没有任何留恋，待在这里，我会很难受的。"

他闭上了双眼沉思着，凯蒂以为他就要哭了。因为他的脸上是极度痛苦的表情，她的心也跟着揪紧。她的判断是正确的，母亲去世后，父亲感到如释重负，眼前的机会让他彻底与过去一刀两断，重获自由，全新的生活即将在他眼前展开。经历了那么多年的压抑后，他终于能够放松自己，憧憬他的美好生活。她脑海里隐约浮现出，过去三十多年来，他所饱受的煎熬。父亲睁开了双眼，情不自禁地叹息一声，像是做出了决定。

“好吧，如果你愿意的话，我非常高兴。”

真是好可怜！经过短暂的内心挣扎，便屈服于身为人父的责任。凯蒂从椅子上站起来，跪在父亲身旁，紧紧握住他的双手。

“不，父亲，我不会去的，除非你真心想让我去。你为我们做出了那么多，如果你想一个人去，也没有关系，千万不要为我考虑。”

他松开一只手，爱抚着凯蒂的头发。

“我当然也想让你陪我一起去，亲爱的，我毕竟是你父亲哪。你失去了丈夫，现在孤身一人。在这种情况下，你想跟我去，我要是不同意的话就太无情了。”

“话虽如此，我不会因为是你的女儿，就可以提出过分的要求。你什么都不欠我的，对我已无应尽的义务。”

“唉，我可怜的孩子。”

“没有任何义务了，”她激动地重复道，“这些年来，我们只是在你身上索取，从没有做出任何的报答。回想起来，我感到愧疚。这些年来，你过得并不幸福，我也从没尽过一点儿孝心，你愿意让我做些补偿吗？”

他认真地听着。看着她真情流露，反倒让他感到不自在。

“我不明白你在说什么，我对你们可从来没有抱怨过呀。”

“父亲，我经历了那么多的事情，也经历了不幸，我已不再是当初的凯蒂。我虽然还很柔弱，但是我已不再是当年那个年幼无知的凯蒂。能给我一次机会吗？在这个世界上我只有你了，让我试着能重获父爱好吗？父亲，我实在太孤单了，太不幸了，我太需要你的爱了。”

她将脸贴在他的膝盖上，伤心地哭起来。

“我的凯蒂，我的小凯蒂。”他疼爱地说道。

她抬起头，用胳膊搂住他的脖子。

“父亲，可怜可怜我吧，让我们善待彼此吧。”

他亲吻了她，像情人一样吻在嘴唇上。他的脸也被女儿的泪水打湿。

“我当然可以带上你。”

“是你需要的吗？你真的需要我去吗？”

“是的。”

“我真是太感激你了。”

“嗨，我亲爱的，对我不要这样客气。你这么说，倒让我感到非常别扭。”

他从身上掏出手帕，擦干女儿眼角的泪水。他满意地笑了起来，凯蒂从没见过他这样开心地笑。她禁不住又一次搂住父亲的脖子。

“我们以后就要这样快快活活地生活，亲爱的父亲，不知道以后会有多少开心的事等着我们。”

“你大概没有忘记，就要生孩子当妈妈了吧。”

“我很高兴，我的女儿听着海浪的声音，出生在辽阔的蓝天下。”

“你能确定，生下来的就是女孩儿？”他低声说着，脸上带着呆板的微笑。

“我希望是个女孩儿，我会亲自把她抚养长大，不让她犯我犯过的那些错误。回想我的过去，我很恨自己，可是我当时别无选择。我要教育我的女儿，让她成为独立自主的人。我把女儿生下来，把她带到这个世界上，宠爱她，养育她，不是为了有朝一日跟哪个男人在一起，从而提供给她生活上的依靠，养她一辈子。”

她一边说着，一边感觉父亲的身体僵在那里，他还从没听人谈论过这类事情。听到这些话出自女儿，他惊呆了。

“让我坦诚相告吧，哪怕只有这一次，父亲。我曾经是个浮浅、爱慕虚荣、没有头脑、可憎的女孩儿，我已经受到了应有的惩罚。我不希望我的女儿像我那样。我要让她勇敢自信，坦诚做人，拥有独立的人格，真正的自我，不依赖他人，像个自由人那样生活，要比我活得更好。”

“哎呀，我亲爱的孩子，你说的话，好像五十岁的人说的。你的人生道路还长着呢，千万不要灰心丧气。”

凯蒂轻轻摇了摇头，露出自信的微笑。

“我不会灰心的，我有足够的希望和勇气。”

往事就此终止，逝者已然安息，这样是不是过于绝情？她真心希望自己学会了同情和博爱，即使前路未卜，她也感到内心有股力量，无论将来会发生什么事情，她都要学会勇敢地去面对。

这时，不知出于什么原因，她突然想起了什么，那段远行的经历从无意识的深处蓦然浮现。她跟着可怜的瓦尔特长途跋涉，赶往那座瘟疫肆虐的城市。那是一大清早，天还没亮他们便坐着轿子出发了。天刚破晓，与其说看，不如说凭直觉，她预知到了一幅激动人心的美丽景色，使她的痛苦大为缓解，也让尘世间所有的苦难都显得微不足道。太阳从东方升起来，驱散晨雾，他们一行人循着一条蜿蜒的小道朝前走，他们穿过一望无际的田野，蹚过一条条河流，走过高低起伏的大地，一直向前走。就这样走着，会使她犯下的过失、做过的蠢事，还有遭遇的不幸，不会徒劳无益，只要她仍沿着这条已经依稀可辨的小道前行。这条小道不是善良古怪的维丁顿所说的通向虚无的“道”，而是修道院里那些可爱的修女谦恭践行的道——那是一条通往内心安宁的大道。

〔全书完〕